君が、この優しい夢から覚めても

夜野せせり

イラスト／中村ユミ
装丁／北國ヤヨイ(ucai)

本当の気持ちなんて、

なにひとつ言えなかった。

嫌われるのが怖くて、

傷つくのが怖くて、

ひとりになるのが怖くて。

だけどわたしは君に出会った。

アクアリウムのように、

青くて透明な世界で。

君と過ごす夢の中では、

「わたし」は「わたし」でいられた。

目次

1. わたしひとりの閉じた世界

1

——呼吸が浅い。息が、できない。


うす青く澄んだ水の中を、わたしのからだは沈んでいく。

細かい空気の泡がわたしを包んで、そして。

唐突に、わたしは息苦しさから解放された。


ずっと閉じていた目を、そっと開ける。

するとそこは、わたしの通う高校の、中庭の芝生の上だった。

ううん、ちがう。見た目はまるきり現実世界の高校そっくりだけど、ここは別のどこか。

その証拠に、校舎にも、敷地にも、誰もいない。しんと静まり返っていて、時折、ぴちゃん、と、どこかの水道からしたたり落ちる水滴の音が聞こえるだけ。

芝生にあお向けに転がり、見上げた空はうす青い。光さす晴れた昼間の空の色じゃない。陽が沈んだあとの、夜がやってくる前のわずかな時間——黄昏《たそがれ》の色だ。

どこからか、甘い香りが流れてきて、わたしの鼻先をくすぐった。

「……キンモクセイ」

胸の奥が甘く焦《じ》れるような、どこか懐かしいような、不思議な感覚に包まれる。

秋の訪れを告げるような、その香り。この世界はいつだって暑くもなく寒くもなく、まるで季節感がないのだけど、時折漂ってくるこの香りが、いまが十月なのだと教えてくれる。

「気持ちいい」

ずっとここで転がっていたかった。空だけじゃない、空気そのものがうす青い。透明なみずいろのフィルターを一枚重ねたみたいに、この世界は優しい青で包まれている。

ここには誰もいない。だからわたしは、無理して笑顔を作ったり、誰かの顔色をうかがって言葉を飲み込んだりしなくていい。

すうっと、甘いにおいのする空気を吸い込んだ。はっか飴《あめ》みたいにさわやかで冷たくて、自分がまるごときれいに洗われていく感じがした。

ずっとここにいられたら、どんなにいいだろう。

起き上がって、思いっきり伸びをする。誰もいない、がらんどうの校舎に視線を飛ばす。

「……え？」

誰か、いる？

わたしが見つめる先。校舎の窓が、がらりと開いた。

心臓がどきどきと脈打ちはじめる。窓から身を乗り出すようにして空を見ているのは、男子生徒。うちの高校の制服を着ていて、髪は明るい茶色で――。

ふいに男子生徒が視線を落として、こっちを見た。ぱっちりと、目が合ってしまう。

「あ……」

言葉にならない。どうしてここに、彼が。

どうして、わたしの〝夢の中〟に、彼が――。


――おねえちゃん。おねえちゃん。

誰かがわたしを呼んでいる。視界が淡くぼやけていく。

「お姉ちゃん！」

はっと目を開けた。

妹の涼花《すずか》の手のひらが、目の前でひらひら動いている。

「ちょっとお姉ちゃん、大丈夫ー？　食べながら寝るとか、幼児なの？」

涼花があきれている。

わたしは、「ちょっと疲れてるのかも」と、軽く笑ってごまかした。

グラスの牛乳を一気に飲み干す。冷たさが胃に落ちて、わたしの意識は完全に現実世界に戻った。

トーストにスクランブルエッグをのせ、かじる。

そうだった。ここは自分の家。あわただしく学校に行く支度をして、家族でテーブルを囲んで、朝食をとっているところだった。

でも――。

いまから学校に行かなきゃいけない。今日はまだ水曜日、休みの日まであと三日もある。そう思った瞬間に、みぞおちがぎゅうっと痛くなって、呼吸が浅くなった。

目を閉じて息苦しさに耐えていると、からだが水の中に沈んでいくような感覚に陥《おちい》って――。

そして、わたしの意識は〝夢の世界〟に落ちていたんだ。

「美波《みなみ》、大丈夫？　最近顔色悪いし、貧血なんじゃないの？　一緒に病院行こうか」

お母さんが、気遣うようにわたしの顔をのぞき込む。

「大丈夫、ただ、ちょっと寝不足なだけ」

明るくこたえたけど、それは嘘《うそ》。

寝不足なんかじゃない。

でも、お母さんが言うように、からだの不調があるわけでもない。いたって健康、だと思う。

ただ、突然落ちてしまうのだ。落ちるように、一瞬で眠ってしまう。

この唐突な眠りを、わたしは〝発作《ほっさ》〟と呼んでいた。

食事中。授業中。時には、友だちとしゃべっている最中にも。

呼吸が浅く、息苦しくなって……。耐えていると、まるで水に落ちるみたいに、いきなり夢の世界にトリップしてしまう。そして、さっきみたいに一瞬で帰ってくるのだ。

わたしが落ちる夢の世界は、いつだってうす青い。静かで透明で、誰もいない。学校の中にも、外にも、人の気配はない。鏡に映したみたいにリアルな世界にそっくりなのに、がらんどうの抜けがらで。風も流れているし木々も生きて揺れているけど、意思を持った生き物は、わたしだけ。

夜、ふつうにベッドの中で眠っているときも、わたしの意識はこの〝誰もいない世界〟をさまよっている。

この〝世界〟があらわれたのは、ちょうど夏休みが終わって、二学期がはじまったころだった。やたらと〝発作〟が出るようになったのも、同じタイミングだ。

誰もいない世界。わたしだけの、静かな世界。の、はずだった。

なのに、さっき……。

いきなりあらわれた、あの茶色い髪の男の子。彼にそっくりだった……。

誰ともつるまない、誰とも話さない。けっして他人と交わろうとしない、彼に。

ふるふると、首を振る。きっと気のせいだ。


朝食を食べ終えて、洗面所で歯をみがき、髪を整える。友だちはうっすらメイクをしているけど、わたしは日焼け止めと薬用リップを塗るだけ。

美波はまじめすぎるよ、せっかく高校生になったのにさあ。

くちぐちにそう言われる。だからいつまでも彼氏できないんだよ、って。

でもわたしは、とくにまじめなわけじゃなくって、単にそこまでメイクに興味ないだけだし、彼氏だって、そもそもそんなに「ほしい」と思ったことがない。

わたしより経験豊富なみんなの恋バナにもついていけないし、声をひそめて誰かをいじって笑いあうような空気も……どうしていいかわからなくなる。

でも、楽しんでるみんなの雰囲気を壊さずに、明るくさらっと話題を変えるスキルもないし。

だからわたしは、なにも言わないで、笑ってやり過ごしている。

こういうことが、いっぱいある。言わずに飲み込んで笑ってごまかすみたいなことが、高校生になってから、増えた。

ちょっとペースが合わないっていうか、まわりのスピードに、テンションに、うまく乗っていけない。

「行ってきます」

靴をはいて外に出た。

十月の朝の空は青く澄んで、手の届かないぐらい高いところにある。このうえなくさわやかな風が吹いているのに、わたしの足は鉛《なまり》のように重い。

今日は水曜日。水曜、木曜、金曜……。休みの日まで、まだ三日もある。

いじめられているわけじゃない。友だちとはそれなりにうまくやっている。

ただ、ちょっと……、なにかがかみあわないだけ。

交差点で、足を止める。歩行者信号が赤に変わったのだ。

大丈夫、わたしはそれなりにうまくやっている。しんどくなんてない。この程度でしんどいなんて言ってられない。

でも。

あの、うす青い、静かな夢の世界。

発作がくれば、わたしは現実から離れることができる。あの世界に逃げ込んだら、わたしは、思いっきり息をすることが……できるんだ。

2

高校は街の中心部から山手へ少しのぼったところにある。

路面電車や市バスの行きかうあわただしい通りをはずれ、桜並木のゆるやかな坂道をのぼれば、校舎が見えてくる。

桜の葉はいつの間にか生命力あふれる緑から乾いた黄色や茶色に変わっていて、風が吹けば一枚、二枚、はらりと落ちた。

県立トップではないもののそれなりに高い大学進学率を誇る進学校だ。制服は紺色のセーラーでスカーフも紺。友だちの麻子《あさこ》は地味だと文句を言っているけど、わたしは気に入っている。

「おはよ、美波」

麻子のことを思い出したタイミングで、麻子本人が現れた。かろやかな足取りでわたしを追い抜き、少し先で止まって振り返る。

「おはよ、麻子」

わたしは笑顔を浮かべ、麻子に駆け寄った。

くせのないまっすぐな髪を高校入学と同時にショートボブに切って、麻子はぐっとあか抜けた。くりっと大きい目は、このごろさらに力を増している。〝先生にばれない〟レベルの、ほんのりメイクをほどこして、絶妙なさじ加減で〝盛って〟いるらしい。

「あたし昨日ね、大島《おおしま》くんに偶然会ったんだけど。ほら、中学でバスケ部の副キャプテンしてた大島くん。めちゃくちゃかっこよくなってたの！　話しかけられたとき、一瞬わかんなかったもん」

麻子はいきいきと話しはじめた。

「へえ。そんなにかっこよくなってるんだ？」

バスケ部副キャプテンだった大島くん。知らない。知らないけど、なんとなく話を合わせる。

わたしと麻子は小学校も中学校も同じ。小学校では何度か同じクラスになったし、中学二年のときも同じクラスだった。

同じ高校に入学して、ふたたび同じクラスになって。おたがい、知らない顔ばかりのクラスメイトの中で、女子では唯一知っている存在で。当然のように麻子はわたしに声をかけて――また一緒に過ごすようになった。

「大島くんいま彼女いないいんだってー。あたしがもしフリーだったらすぐ行っちゃうのに」

「えっ？　でも、麻子、彼氏いるのに」

「だーからっ。もしフリーだったら、って言ったじゃん」

麻子は少しあきれたような目でわたしをちらと見た。しまった、と思った。あきれた、というか、むしろいらついたのかも。

「ごめん」

「いやべつに謝るようなことじゃないから。美波は相変わらず天然だなーって」

「天然かなあ？　わたし」

とりあえず、わたしは笑った。麻子の会話のテンポについていけなくて、微妙にずれた言葉を返してしまう。

わたしがトロいだけ？　ううん、きっとそれだけじゃない。

麻子をいらつかせたくなくて、悪く思われたくなくて、無意識に身構えてしまう。それがかえって微妙な空《から》まわりを生んでしまうんだ。

麻子は、中学生のころ、わたしが好きで描いていた絵のことを、陰でばかにしていた。

それをわたしが聞いていたことに、麻子は気づいていない。その証拠に、高校の入学式で、なんの屈託《くったく》もなくわたしに話しかけてきたんだし。

もしかしたら、悪口を言っていたこと自体、忘れてしまったのかも。

言ったほうはすぐに忘れてしまって、本人の中ではまるでなかったことになっているのに、言われたほうの痛みはいつまでも残っている。そんなものだ、悪口なんて。わたしも割り切って、さっさと忘れたほうがいい。そう思っているのに、わたしはやっぱり、怖がってしまっている。

また嫌われたらどうしよう、って。

なのに、麻子と離れることもできない。

麻子のグループを離れたら、わたしはクラスでひとりになってしまうから。

「おはよー」

教室に入るなり、麻子は明るい声を飛ばした。わたしも麻子のうしろについていくようなかたちで教室に入る。

「おはよっ」

すぐに、由紀《ゆき》ちゃんと奈緒《なお》ちゃんが麻子をとり囲んだ。ふたりともかなりかわいいし、目立つタイプ。

きらきらと明るい光をはなつ麻子は、すぐに同じようなタイプのきらきら女子ふたりと引きあって、あっという間に打ち解けて、行動をともにするようになった。すでに麻子と一緒にいたわたしも、成り行きのように同じグループにいる。

だけど、地味でおとなしい雰囲気のわたしは、明らかに麻子たちとはカテゴリーがちがう。

「ていうか由紀、彼氏できたの、なんで教えてくれないの？　あの制服、西高《にしこう》だよね？」

麻子は由紀ちゃんの腕に自分の腕をからませた。

「彼氏じゃないよ？　友だちの紹介で何回か会っただけ」

「はあーっ？　完全に彼氏の距離感じゃん、コレ」

奈緒ちゃんが自分のスマホ画面を由紀ちゃんに見せつけた。

「でも、まだつきあってないもん。正式には」

三人はわいわいと盛り上がりはじめた。わたしはその輪の中に入っていけない。

昨日由紀ちゃんがＳＮＳに、西高の男子との画像をアップしていた。その話だ。

わたしも一応、いろんなＳＮＳのアカウントは持ってるし、話題に乗り遅れたくないからみんなの投稿は見てるけど……、自分からなにかを発信したことはない。

「美波、美波っ」

麻子がわたしを手招きしている。

「なにー？」

わたしはとっさに笑顔を浮かべた。

「ちょっとあれ見て。中谷《なかたに》。やばくない？」

にやにや笑みを浮かべながら声をひそめる麻子。小さく指さす先には、同じ中学だった中谷くんがいた。

「やばいって、なにが？」

「なにが、って、髪だよ髪。ワックスつけすぎ。女子のこと意識しまくってて、キモ」

「そうかなあ……。よくわかんない」

ものしずかで目立たないタイプの中谷くんは、中学のころ、麻子のことが好きらしいとうわさになっていた。それ以来麻子は彼を毛嫌いしているみたいだった。

悪口に乗ってこないわたしを見て、麻子は興ざめしたように、ふんっと鼻を鳴らした。そして、由紀ちゃんと奈緒ちゃんに、中谷くんの話題を振った。

手を叩《たた》いて笑い声をあげる三人から、すっと離れる。

わたし、どうして麻子たちと一緒にいるんだろう。

麻子たちが好きな話題には、なにひとつ乗れないのに。

わたしは、みんなが当たり前のように使いこなしているSNSにも、夢中になっているコンテンツにもそれほど惹《ひ》かれない。

惹かれないのに、興味があるふりをしている。本当に好きなもののことは……、言えない。言えるはずがない。

そんなだから、わたしは、麻子たちとの会話にうまくハマれないんだ。つまんない子、ノリの悪い子だって思われてるかもしれない。

一時間目は英語で、今日は単語の小テストがある。自分の席で、テキストを開いて頭に叩き込んでいると、麻子が来た。

「今日のとこ、訳してきた?」

「うん。一応」

「さっすが美波。写させて!　あたし今日当たるのに、ゆうべ爆睡しちゃって」

麻子はにこっと笑って舌を出した。

よかった。機嫌、直ったんだ。そんなふうにほっとしてしまう自分が嫌になる。

「まちがってるかもしれないよ?」

それでもわたしは笑顔を浮かべ続ける。

「いいよいいよ、ぜんぜん平気。ここでささっと写すから」

「あたしたちも写すー」

由紀ちゃんと奈緒ちゃんも来て、三人でしゃがみ込んでわたしのノートを写しはじめた。教科書の英文の訳とか、課題とか、だいたい毎日のようにわたしはみんなに見せている。

でも、わたしだってたまに写させてもらうことはあるし、おたがい様だ。

単語テストの準備をしないと。ふたたびテキストを開いて目を通していると、由紀ちゃんが、

「おはよー葉月《はづき》」

ワントーン高い声をあげた。

どきりとした。……葉月くん。

こわごわと顔をあげると、となりの席の葉月旬《しゅん》くんが登校してきたところだった。

葉月くんは、眉《まゆ》にかかった茶色い髪をうざったそうにかきあげた。大きいけれど少しだけつり上がった瞳が由紀ちゃんをちらりと見る。うすいくちびるは固く引き結ばれていて、整った顔立ちなのに、どこか攻撃的というか、他人を寄せつけないオーラを感じる。

彼は、誰ともつるまない、誰とも話さない。けっして他人と交わろうとしない。

やっぱり似ている。

今朝、わたしの夢の世界に現れた、あの男の子に。

でもまさか、そんなはずはない。誰もいないはずの、あの世界に、葉月くんがいきなり現れるなんてありえない。席がとなりだということ以外に、接点なんてないし。

「お、は、よ。は・づ・き」

返事が来ないから、由紀ちゃんはわざと一音ずつ区切って、ゆっくりはっきりと葉月くんに告げた。

「…………」

無言。葉月くんは無言のまま、由紀ちゃん、次いで奈緒ちゃんと麻子を見やって、そして最後にわたしを見た。そのまま、わたしの英語ノートに視線を落とすと、小さく息を吐いて、ロッカーのほうへ行ってしまった。

「……なにあれ」

奈緒ちゃんがつぶやく。

「感じワル。由紀、あんなのに声かけるの、もうやめなよ」

「でも見た目はいいじゃん？　かなりレベル高いよ」

「見た目だけじゃん。っつーか西高の彼はどーすんの」

「顔だけだったら葉月のが上だしぃ」

由紀ちゃんと奈緒ちゃんはひそひそとささやきあっている。

自分が陰口を叩かれているのを聞いてしまったときのことがよみがえって、胃が縮みそうになる。

「いくらイケメンでも、コミュ力のない男は無理。葉月なんて論外」

ばっさりと麻子が切って捨てた。

「そりゃ森尾《もりお》くんはコミュ力モンスターだから」

由紀ちゃんの声が華やいだ。

麻子の彼氏の森尾卓己《たくみ》くんは、一年生ながらサッカー部のレギュラーでエース格。背が高くて笑顔が人懐こい、いるだけでその場がぱっと明るくなるような男の子だ。

麻子はサッカー部のマネージャー。夏休み前に、ふたりはつきあいはじめた。

「でもさあ、卓己って、誰にでも優しすぎるんだよね。いっつも女子に囲まれてるし……。毎日『おれが好きなのは麻子だけだから』ってフォローしてくれるけどさあ」

「ノロケかよ」

奈緒ちゃんが笑った。

もうわたしのノートはみんな写し終えたみたいだ。わたしはさりげなく自分のノートを引き寄せて閉じた。

「ね。美波は？」

いきなり聞かれて、「え？」と固まってしまった。

「なにが？」

「いい加減、彼氏ほしくないの？　美波だけだよね、まだ誰ともつきあったことないの」

麻子が口元に笑みを浮かべている。

「そうだけど……。でも、わたしは……」

麻子も、いまの彼氏は森尾くんだけど、中学のころもつきあってる人がいたし、奈緒ちゃんもバイト先の大学生とつきあっている。由紀ちゃんは先月彼氏と別れたけど、もうつぎの彼氏候補がいるみたいだ。

三人が恋バナするとき、決まって、「ま、美波にはまだわかんないか」と言われる。わたしだけ、片思いの経験すらないから。

「そういえば美波の好きなタイプってどんな人？　たとえて言うなら、誰？」

奈緒ちゃんが身を乗り出した。

「えっと」

好きなタイプ。好きな……。そのときなぜか頭に浮かんだのは、葉月くんの冷たい瞳だった。

「いやいや、なんで。ちがうし」

心の声が漏《も》れてしまった。由紀ちゃんがきょとんとしている。

「えっと。その、麻子。なんで急に、わたしにそんなこと」

あわててごまかす。

「実はね、美波のこと興味あるって言ってる人が」

麻子が言いかけたところで、チャイムが鳴った。

「いいや。またあとで話す。じゃね」

麻子は意味深《いみしん》にほほ笑むと、自分の席へと戻っていった。由紀ちゃんと奈緒ちゃんも自分の席へ。

担任の先生が入ってくる。出欠確認と簡単な事務連絡のみのショートホームルームが終わって先生が出ていくと、入れ替わりのように英語の先生が入ってきた。

授業開始のあいさつもなしに、間髪《かんはつ》入れず、単語テストが配られる。

「テキスト閉じて。はじめ」

一瞬で教室は静かになり、かりかりとシャープペンシルを動かす音だけが響きはじめた。

――葉月くん。

好きなタイプかどうかはわからない。でも、気になる。まるで野良猫みたいに、うかつに触れるとひっかかれそうな雰囲気がある、彼のことが。

葉月くんはいつもひとりで過ごしている。彼が誰かと話しているのを見たことがない。でも、みんなに避けられているんじゃなくて、あえてひとりでいることを選んでいるように見える。

なぜだろうと、気になるのだ。どうしてひとりでいられるんだろう。

わたしには無理だ。かみあわないと思っても、自分の居場所じゃないような気がしても、グループを離れることなんてできない。

そんなことしたら、それこそ、麻子たちにどんなふうに言われるかわからない。わたしたちのグループはクラスで一番目立つ。影響力も大きい。ほかのクラスメイトたちだって、わたしを避けるかもしれない。

時々すごく息苦しくなる。夢の中にあるもうひとつの学校で、やわらかい芝生に転がって空を見上げたときみたいに、自由に呼吸がしたい。

葉月くんは、自由なんだろうか。

知りたい。もしかなうのなら、彼に……聞いてみたい。


午前中の授業が終わり、昼休みになった。授業中に〝発作〟が来ることもあるけど、今日はいまのところ大丈夫だ。

グループで机を寄せあい、お弁当を食べる。わたしの席と由紀ちゃんの席が近いから、わたしの席を中心に机を寄せている。食べ終えたあとも、わたしたちはそのままおしゃべりに興じていた。

教室は騒がしい。教室には、わたしたち四人グループのほかにも、いくつもの〝島〟があって、それぞれがそれぞれの話題で盛り上がっている。

葉月くんだけが、ぽつんとひとりで浮かんでいる。

葉月くんはお弁当もひとりで食べるし、いまだって自分の席で文庫本を読んでいる。まわりの喧騒《けんそう》なんていっさい耳に入っていないみたいだ。

「染めてんのかな、あれ。それとも脱色？」

ぼそっとつぶやいたのは、麻子だ。

「え？」

「葉月。大胆だよね。入学したときから髪、茶色かったじゃん？」

「そう……かな」

「よくわかんないよね。いかにも不良っぽい見た目してるくせに本なんか読んで」

奈緒ちゃんが声をひそめて、葉月くんをちらりと見やった。葉月くんは本を閉じて、立ち上がって教室を出ていった。

不良っぽい、か。確かに髪色は明るいし、目つきも鋭いけど、遅刻もしないしきちんと授業も受けているし、むしろまじめな部類なんじゃないかなって、わたしは思ってた。

「でもやっぱ顔はいいよ」

と、由紀ちゃん。麻子はあきれたような目で由紀ちゃんを見た。

「でもさあ、葉月のいいうわさ聞かないよ？　あいつに告った女子、めちゃくちゃひどい振られ方するらしいし」

「あー、あたし、それ、聞いたことある。ガン無視されるらしいよね。ふつう、ごめんぐらい言わない？　人の心がないんだよ」

と、奈緒ちゃんも同調する。

「こっわ。性格極悪じゃん。やっぱ葉月はナイわ」

由紀ちゃんが自分のからだに両腕をまわして大げさに身ぶるいした。

「まわりのこと、ばかにしてんじゃない？　おれはおまえらとちがうから、みたいな。卓己も、まわりの男子もみんな嫌ってるって言ってた」

麻子は嘲《あざけ》るように小さく笑った。

葉月くんのことは、少しだけ怖そうだとは思うけど。でも、彼がまわりをばかにして見下してるなんて思ったことなんてない。

むしろわたしは、うらやましくて。ひとりでも凛《りん》と立っていられる、彼のことが。

あんなふうになれたらと、……目で追ってしまう。

「美波もそう思うよね？」

はっと我に返った。

麻子が頬づえをついて、わたしの目を見ている。口元はわずかにほほ笑んでいるけど、目の奥は笑っていない。

どくんと心臓が鳴った。

今朝、中谷くんの悪口をやんわり否定したときの、麻子の冷《さ》めた目が、脳裏《のうり》によみがえる。

「美波って優等生だから、ああいうタイプ苦手じゃん？」

「あ。……どっちかっていえば、そうかな」

ぼそぼそと、こたえる。

本当は、苦手だなんて思ってないのに、そんなこと言えるわけもなくて。

本音とはうらはらに、わたしは麻子にうなずき返してしまう。

「あんまり関わりたくない、かな」

顔に笑みを貼りつけた。うまく笑えていると思う。昨り笑いにも、もう慣れたから。

「美波、美波」

由紀ちゃんが声をひそめた。小さく、わたしの背後を指さしている。なんだろうと振り返ると、

「……あっ」

葉月くんが、すぐそばにいた。いつの間にか、教室に、……わたしの席のとなりにある自分の席に、戻ってきていたんだ。

「あ、あの」

「やば。聞かれてんじゃん」

麻子が小声でくすくす笑う。

「ち、ちがうの。これは」

口の中がからからに乾いて、声がうまく出てこない。

葉月くんはなにも言わず、わたしを一瞥《いちべつ》した。

——冷たい目。

ずきんと胸が痛んだ。

絶対に聞かれていた。わたしが「関わりたくない」と言ってしまったこと。へらりと浮かべた笑みも、きっと見られていた。

葉月くんは無言で、自分の席についた。閉じていた文庫本を、ふたたび開いている。

そっと盗み見るけど、いつも通りのポーカーフェイスで、ぜんぜん感情が読み取れない。でも、きっと傷ついたと思う。自分のことを悪く言われて、傷つかない人なんていない。

誰よりもわたしは、そのことを知っているのに。

わたしも傷ついたことがあるのに。いまだって忘れていないのに。

なのにわたしも、同じことをしてしまった。

3

放課後になると、わたしはやっとひとりになれる。

憂鬱《ゆううつ》な気持ちを引きずったまま、生物準備室の扉をノックした。

「どうぞ」

と、低い声が返ってくる。

「失礼します」

小さく告げて、扉を開ける。窓にかかったブラインドがいつも閉まっているから、この場所は昼間でもうす暗い。

壁際に置かれた大きな水槽《すいそう》だけが、うす青い光をはなっていた。

あたりには水槽のモーターの音が小さく響いている。

よれた白衣をまとった佐久間《さくま》先生が、水槽の魚に、エサをあげている。ついたくさんあげたくなるがそれは禁物なのだと、わたしは先生から教えてもらっていた。

「おう。坂本《さかもと》」

先生はいつだってテンションが低い。低いところで安定している。まだ三十代前半らしいのだけど、もっさりした髪には白髪《しらが》がちらほら混じっている。白衣と、黒縁の角ばった眼鏡《めがね》がトレードマークだ。

「今日は誰もいないぞ」

「今日も、ですよね」

わたしがそうこたえると、先生は小さく笑った。

わたしは一応、生物部の部員ということになっている。なぜこういう曖昧《あいまい》な言い方になってしまうのかというと、生物部自体がほとんど活動をしていないからだ。幽霊部員のみで構成された、かたちだけの部。それでも時々、顧問の佐久間先生とおしゃべりをしたり、水槽のメンテナンスの手伝いをしたりしに来る人はいる。わたしもそのひとりだ。

「おれはいまから職員会議に行くが、坂本はここでゆっくりしていくか？」

「はい」

「じゃあ好きなだけいなさい。コーヒーでも出してやりたいところだが、あいにくなにもない。すまない」

「なんで謝るんですか」

わたしはくすくす笑った。先生の、つかみどころのない、それでいて川底のなまずのようにのったりと落ち着いている感じが、一緒にいてみょうに心地いい。

先生は片手を上げると生物準備室をあとにした。がらりと扉が閉まる。

いつここに来ても、たとえなんの用事もなくても、部員が誰もいなくても。なにも聞かず、ただただゆったりと過ごさせてくれる。

「きれい」

水槽の前にパイプ椅子《いす》を寄せて座り、じっと眺めた。

幾種類ものやわらかな水草があおあおと茂り、まるで森のよう。底に敷き詰められた白砂と、流木に隠れているレッドシュリンプ。ネオンテトラたちが星のようにきらめきながら泳ぎ、ゴールデンエンゼルが水草の森を悠々《ゆうゆう》と横切っている。

夏休み明けだった。佐久間先生に用事があったわたしは、はじめて生物準備室を訪れ、このアクアリウムにひと目で心をうばわれた。そして、かたちだけの生物部員になった。

本当はずっと美術部に入りたかった。でも、麻子に「美波、絵、うまかったよね？美術部入らないの？」と聞かれて。とっさにわたしは嘘を吐《つ》いていた。

もう絵は描いてないんだ、と。とっくの昔にやめたんだ、と。

わたしは、小さいころから絵が好きだった。小学生のころはいつも、休み時間になるとノートにイラストを描いていた。はじめて麻子がわたしの絵を見たとき、「美波ちゃんすごい」と、大きな目を輝かせてくれたのを覚えている。

それ以来、麻子に、たくさんイラストをリクエストされた。人気だった少女まんがのヒロイン。流行《はや》っていたアニメのキャラ。嬉《うれ》しくてどんどん描いた。夏休みの宿題の絵を手伝ったこともある。中学生になったらさすがにそんなことはなくなっていたけど、それでもやっぱり麻子はわたしの絵をほめてくれていた。

でも、わたしは聞いてしまった。

中二の秋だった。放課後、忘れ物を取りに教室に戻ると、中から笑い声が聞こえた。麻子の声もした。

最初は、まさか麻子たちがわたしの悪口を言っているとは思わなかった。ドアに手をかけようとしたわたしの耳に、「美波、調子乗ってるよね」という言葉が聞こえてくるまでは。

「美波の絵、ださい。ぜんぜんうまくない」

そう、言われていたんだ。しかも、そのあと。

「この、楓《かえで》って絵師《えし》さんのキャラと構図、パクってない？」

麻子はそう続けた。楓？　絵師？　誰それ、知らない。

「比べたら美波ってめっちゃ下手だなって思ったけど」

麻子の低い笑い声と、同調するクラスメイトのくすくす笑い。心臓がドクドクして、手のひらにじっとりと嫌な汗をかいていた。

「劣化《れっか》コピーって感じ」

麻子が言いはなつと、ひときわ大きな笑い声が起こった。

それ以上聞いていられなくて、わたしは逃げるようにその場をあとにした。

当時わたしのスマホは、ネットが使えないように親に制限をかけられていて。

麻子が言っていた「楓」っていう絵師さんの存在も知らなかった。

家に帰って、家族共用のパソコンで検索をかけた。すぐに「楓」さんのＳＮＳやイラスト投稿サイトが出てきた。

パクってる？　わたしが？

劣化コピー？

確かに「楓」さんのイラストは美しくて、こんな出会い方じゃなかったら、わたしはきっとファンになっていたと思う。

でも……。

悔しくて、わたしは泣いた。麻子のことも信じられないし、ネットももう見たくないと思った。怖かった。少しでもわたしの絵と似ているイラストが上がっていて、それが麻子の目にとまったら……、また、パクリだと言われる。

麻子、どうして？

美術部入らないの、って、なんでそんなこと、平然と聞けるの？

わたしの絵のことを陰でけなしていたのは、麻子だよね？

言えなくて飲み込んだ。飲み込んで、代わりに嘘を吐いた。いつものように口元に笑みを貼りつけて。

わたしはいつもこうだ。本当の気持ちを言えない。好きじゃないもののことを好きなふりをして、本当に好きなことは隠して。

今日だって葉月くんのことをかばえなかった。流されて適当に合わせて、結果、彼を傷つけてしまった。

最低だ。なんでわたしはこんなに意気地《いくじ》なしなの？

胸が痛い。痛くて、息が……。

苦しい。

胸に手を当てて、息をゆっくり吸おうとする。でも、うまくいかない。

ふっ、と。意識が遠のいた。

落ちていく。ゆっくりと、ゆるいゼリーのような青く透明な世界へと沈んでいく。


目を開けると空があった。黄昏の空にうすくたなびく銀色の雲。キンモクセイの甘い香りがする。

わたしは学校の屋上にあお向けに転がっていた。

ゆっくりと身を起こして、すうっと空気を吸い込む。ひんやりとした冷たさと、はっか水のような清涼感が肺《はい》を満たした。

やっと、息ができた。

ほっとして、何度も深呼吸してしまう。

現実世界の学校の屋上は立ち入り禁止だ。屋上へ続く階段は鎖《くさり》で封鎖《ふうさ》されている。無理やり鎖を乗り越えて行けなくはなさそうだけど、誰もわざわざそんなことはしない。それに、どうせ扉には鍵がかかっているだろうし。

「きれい……」

空には小さく星がまたたいている。屋上と空の境目にはまだ、淡いオレンジ色が残っている。

屋上にはフェンスもなにもない。端まで歩き、そっと片足を踏み出してみた。足の裏がすうっと冷えて、わたしはとっさに引っ込めた。

心臓がどきどきしている。飛び降りたらどうなるのだろう。

ちょっとした好奇心だった。ここは〝現実〟じゃない、夢の中の世界。もしここから身を投げたら、ひょっとして鳥のように飛べるんじゃないだろうか。魚のように、うす青い空の中を泳げるんじゃないだろうか。

わたしはもう一度、自分の右足を、そっとコンクリートの外へ――。

その瞬間。

がらり、と音がした。

扉が開く音。


わたしははっと目を覚ました。動悸《どうき》が激しい。わたし、たったいま、屋上から飛ぼうとしていた――。

それよりさっきの音はなに？　さっと振り返ると、生物準備室の扉のそばに、

「葉月……くん？」

葉月くんがいた。

なぜ？　どうしてここに？

葉月くんはわずかに眉を寄せ、わたしと水槽を、交互に見つめている。

「あ、あの」

一気にいろんな感情が押し寄せてくる。座ったまま眠っていたところを見られた恥ずかしさと、やっぱり怒っているんだろうかという不安な気持ちと。

なによりも、謝りたい！

葉月くんは無言で、きびすを返す。

待って。行かないで！

わたしはあわてて立ち上がった。瞬間、くらっとめまいがした。その拍子に、パイプ椅子に足を引っかけてしまう。

がたん、と大きな音が響いた。

葉月くんが、とっさに振り返る。

わたしは、パイプ椅子と一緒に前につんのめって転んだ。恥ずかしくて恥ずかしくて、その場にへたり込んだまま、動けない。

すると突然、わたしの視界に、すっと、大きな手が現れた。

顔を上げると、葉月くんが、水晶玉みたいに澄んだ目でわたしを見下ろしている。

まさか、転んだわたしに手を差し伸べてくれている?

「あ。ありがとう。大丈夫、自分で立てるから」

自分の声が裏返っている。みょうに鼓動《こどう》が速くて、顔が熱い。

葉月くんがわたしに、手を。あんなにひどいことを言ってしまったわたしに……。

すっと、差し伸べた手を引っ込めて。葉月くんはふたたび、わたしに背を向けた。

「あっ。ま、待って！」

謝りたい。

チャンスなのに。いまここには誰もいない、わたしと葉月くんだけ。昼休みのことを謝るなら、いましかない。

だけど。

「葉月くん！」

今度は振り返らずに、葉月くんは生物準備室を出た。

がらりと、扉が閉まる音。

座り込んだまま、わたしは、閉まった扉を、いつまでも見ていた。


誰もいない家に帰宅する。両親は夕方まで仕事、涼花は部活、バレー部だ。わたしとちがって毎日遅くまで練習に明け暮れている。

手を洗って冷たい水を飲み、二階にある自分の部屋へ。着替えを済ませると、棚の上に置いていた木製パネルを手に取った。

描きかけの、わたしの絵。

パネルに水張りしているのは水彩画用の画用紙。淡いみずいろにさまざまな濃淡の青、紫を重ねて。パールのような空気の粒が無数に立ちのぼり、その粒を縫《ぬ》うようにネオンテトラとゴールドフィッシュが泳ぐ、そんなイメージの絵にするつもり。

そう。生物準備室の、アクアリウムだ。

青、赤、レモン色、緑。とりどりの水彩絵の具を、パレットに絞り出す。

絵筆にたっぷりの水を含ませて、青の絵の具を溶く。

麻子に絵をばかにされたあの日、もう描くのはやめようと思った。でも、やめられなかった。少しずつ画材を買い集め、動画や本で描き方を学びながら、もくもくと描き続けている。

ただ、もう人には見せない。描いていることも打ち明けない。誰かと比べられて、あのときみたいに、「劣化コピー」なんて嘲笑《あざわら》われたくない。

わたしが描く絵は、けっして他人の目にはさらされない、わたしひとりの閉じた世界。それでいい。

こうして画用紙に色を乗せていると、心が澄んでいく気がした。

だんだん無心になって、苦しいことも、わずらわしいことも、すべて消えていく。

でも。わたしはぎゅっと下くちびるをかんだ。

葉月くんのことは消しちゃいけない。きちんと謝らないと。

今日、葉月くんは転んだわたしに手を差し伸べてくれた。わたしは葉月くんを傷つけたのに。こんなに情けない、弱いわたしに。

明日。——明日は絶対に謝る。

換気のために開けた窓から風が吹き込んでカーテンがふくらむ。ふわりと、キンモクセイの香りが鼻先に届いた。

夢の中で見上げた空が、ふいによみがえる。

あの空の青。――わたしが描いている水槽の青に、少しだけ似ている。

アクアリウムの絵が完成したら、つぎはあの夢の中の世界を描こう。そう思った。

その日の夜、わたしは早めにベッドに入った。昼間、たとえ何度も眠りの発作が起きても、夜もすぐに眠ることができる。眠りの発作は一瞬だし、それで脳や体が休まっているわけじゃないのかもしれない。

かといって夜の眠りもふつうじゃない気がする。わたしは決まってあのうす青い世界に落ちるし、ほかの夢はいっさい見ないから。

目を閉じると、だんだん意識が現実から離れていく。ゆっくりと、水の中に落ちていく。

細かい空気の泡が、沈んでいくわたしのからだを包む。

わたしが降り立ったのは、学校へ続く桜並木の途中。いつものキンモクセイの匂いに交じって、乾いた落ち葉の匂いがする。

夢の世界だけど、匂いも、温度も、なにかに触れた感触も、リアルに感じることができる。むしろ現実よりクリアなほど。

ゆっくりと、ゆるやかな坂道をのぼりはじめる。べつに学校へ行く義務なんてないんだけど、なんとなく、習慣でそうしてしまう。

最初はただの夢だと思っていた。でも、毎晩毎晩この世界に降りるようになって。いつも同じ夢ばかり見るなんて変だな、と思いはじめていた。

そんなとき。あの溺《おぼ》れるような息苦しい発作が起きて、わたしの意識はこの〝透明な世界〟に落ちた。

それ以来、わたしは夜寝ているあいだだけじゃなく、昼間、〝発作〟が起きたときも、この世界に降りるようになっていた。

これは絶対に、ふつうの〝夢〟じゃない。

この世界が現れる前に見ていた夢の中では、支離滅裂《しりめつれつ》な映画の世界に投げ込まれたみたいに、つぎつぎにいろんな出来事が起こっていた。

公園に遠足に行っていたのになぜか突然田舎のおばあちゃんの家にいたり、かと思うと急に怖ろしいモンスターが現れて追いかけられたり、そんなことばかりだった。

でも、ここはちがう。わたしが歩いたり息をしたりしていること以外は、なにも起こらない。いたって穏やかで、誰も存在していないこと以外は、現実世界と同じ。壁をつきやぶって現れるモンスターも、いきなりの場面転換もない。

ここはいったいなんなんだろう？　まるで現実と鏡映しの、パラレルワールドみたいだ。

わたしの足取りはだんだん軽くなっていった。坂道をのぼると学校に着く。誰もいない世界の、誰もいない学校は好きだった。

また屋上へ行こうか？　空が近くていつまでも眺めていられそうだった。もし、また飛びたくなったら——直前で、引き戻されるんだろうか？

あのときわたしを引き戻したのは、生物準備室の扉が開く音。扉を開けたのは——。

「坂本さん？」

声がした。どくんと、心臓が波打つ。

わたしはぴたりと足を止めた。

誰の声？　どうして？

ここにはわたし以外、誰もいないはずなのに。

きっと気のせいだ。そう考え直して、ふたたび歩き出そうとする。

でも、胸の中がみょうにざわざわした。

すうっと息を吸い込むと、わたしはゆっくりと振り返った。

「…………葉月、くん」

自分の声がかすれている。鼓動が速い。

どうしてここに葉月くんが。

わたしは葉月くんと向かい合ったまま、動けない。時が止まったみたいに、わたしを見つめる葉月くんも、動かない。

茶色っぽい髪、大きいけどわずかに目じりの上がった、野良猫のような瞳。まちがいない。教室で、いつもひとりで凛と立っている、葉月くんだ。

「やっぱり坂本さんだ……。どうして」

葉月くんはつぶやいた。

葉月くんの声を、はじめて聴いた。低くてやわらかくて、すこしだけハスキーな声。

「どうして？　って。葉月くんのほうこそ、なんで……」

呆然《ぼうぜん》とつぶやく。

わたししかいない、わたしだけの夢の世界なのに。なんでいきなり、葉月くんが現れるの？

「坂本さん。まさか……」

葉月くんの瞳が、大きく見開かれていく。

「おれの声が、聴こえるのか？」

2. 夢の中だけの、まぼろし

1

「き、聴こえるけど」

声がふるえる。

どういうことだろう。そもそもこの葉月くんは、〝本物の葉月くん〟なの？

目まぐるしく脳が回転する。

いま目の前にいる葉月くんは、リアルな葉月くんじゃない。わたしが作り出したまぼろしだ。だって、いくらふつうの夢とはちがっているとはいっても、ここはしょせん、夢の世界なんだから。

きっとわたしが今日、葉月くんのことを強く想《おも》ったから。謝りたいと、ずっと思っていたから。

そういえば、朝、家で発作が起きたとき、夢の世界で葉月くんにそっくりな男の子のすがたを見かけた。あれだってきっと同じ。葉月くんのことがずっと気になっていたから、夢の中にまでまぼろしがあらわれた。

きっとそうだ。

でも。

「どうしてここに、おれ以外の人間がいるんだ？」

葉月くんは言った。わたしに向かってじゃない、自分自身に、つぶやくように。

それはわたしのせりふだ。どうしてここに、わたし以外の人間が。しかも葉月くんが。

「どういう……こと？」

葉月くんは、身じろぎもせずに、わたしをまっすぐに見つめている。水晶玉みたいに透き通った瞳。放課後、わたしに手を差し伸べてくれた、あのときの――。

ざあっと、強い風が吹く。

そして、ピピ、ピピピ、と……、小鳥のさえずりのような音が響いた。

音は大きくなる。ぐらりと、視界が揺れた。


ぱちりと、目を開ける。

ピピ、ピピ、ピピ、と、電子音が響く。わたしは手探りでベッドボードに置いたスマホを引き寄せ、アラームを切った。

朝が来て、現実世界に引き戻されたのだ。

葉月くん……。どうして？

なにもかも意味がわからない。あのうす青い世界に落ちるようになってから、はじめてだ、自分以外の存在があらわれるなんて。たとえそれが、自分が作り出したまぼろしであったとしても。

カーテン越しに朝の白い光が差し込んでいる。今日も晴れている。

ベッドからすべり下り、ため息をひとつ。また、新しい一日がはじまる。

いつものように支度をして、いつものように朝食を取り、いつものように家を出る。空は青くて見上げると目が痛い。光が強くて、まぶしすぎる。

相変わらず足取りは重かった。だけど今日は昨日とちがって、学校に行く大きな目的がある。

葉月くんに謝ること。

自分が思っているよりも、大きな出来事だったんだと思う。彼の陰口に加わってしまったこと。ずっと心の底に重く沈んでいて、だから彼のまぼろしを夢の世界に呼び寄せてしまった。

そう考えないと、説明がつかない。

桜並木の坂道をのぼる。夢の世界の桜並木も、いまここにある現実の桜並木、まったくそのままだ。ただ、うす青いフィルターがかかっているだけで。

あそこはまるで、湖の底に沈んだ無人の街みたいだ。そう思った。

教室に入ると、まっさきに葉月くんのすがたを探してしまう。

すでに葉月くんは登校していて、自分の席で文庫本を読んでいた。

葉月くん、いつも通りだ。そう思った瞬間、

「あ」

目が合った。かあっと顔が熱くなり、反射的にそらしてしまう。

ぎゅっと、スクールバッグを胸にかかえた。

ダメだ。わたし、昨日に引き続いて、すごく嫌な奴《やつ》だ。夢のことはわたし自身の、いわば妄想みたいなものなんだから、葉月くん自身には関係ないのに。

無視されてもいい。まずは「おはよう」を言おう。

机の列のあいだを進み、自分の席にスクールバッグを置く。葉月くんは文庫本に目を落としている。

気楽に、気負わずに。ナチュラルに。

「お、はよ」

声が。声が小さい。絶対葉月くんに聞こえてない。なんでわたし、こんなに緊張してるんだろう?

ダメだ、わたし、こんなんじゃ。あいさつすらできないのに、謝るなんて絶対無理だ。ちゃんとしっかり言わなくちゃ。

「お、おはよう！」

言えた。今度はちゃんと言えた。

葉月くんはわたしを見て、目を大きく見開くと、口を開けてなにかを言おうとした。でも――、すぐにつぐんで、手元の文庫本に視線を落としてしまった。

「あ……」

無視されてもいい。そんなふうに思っていたけど、実際に無視されると……。胸がずきずきと疼《うず》く。

それ以上声をかけるのをあきらめて、自分の席に鞄《かばん》を置く。テキストを取り出して引き出しに仕舞《しま》っていたら、

「おっはよ」

とんっと、うしろから肩を叩かれた。

「ひゃあっ」

あまりにびっくりして、おかしな声をあげてしまう。振り返ると麻子が、ふしぎそうに首をひねっていた。

「そこまで驚く？」

「あ。麻子……」

「ねえねえ今日の放課後、暇？」

「え？　えっと。とくになにも……ないけど」

本当は、早く家に帰って絵を描きたいと思っていた。今日、アクアリウムの絵の仕上げをして、つぎはあの夢の中の世界を描こうかな、って。

でも、そんなこと言えるわけない。

「よかった」

麻子は意味ありげにほほ笑んだ。

「今日ね、サッカー部が休みなんだ」

「ふうん。じゃあ麻子、森尾くんと放課後デートできるね」

「そうなんだけどね。今日は、美波も一緒にどうかな？」

「わたし？　麻子のデートについてくの？　ジャマじゃない？」

きょとんとするわたしの耳に、麻子は自分のくちびるを寄せて、ささやいた。

「実はね。美波に、紹介したい人がいるんだ」

「えー？　野田雄哉《のだゆうや》？　って四組の？　めちゃくちゃかっこいいじゃん！」

由紀ちゃんが興奮して大きな声を上げた。

「まったく。由紀は顔さえよければ誰でもいいのかよ」

奈緒ちゃんがあきれている。

「でも野田くんはさあ、顔だけじゃなくって、自信にあふれてるっていうか、堂々としてるっていうか、そういうとこがモテるゆえんなのよ。どっちかっていうと、おれについてこいタイプ？」

由紀ちゃんはなおも語り続ける。わたしはひたすら居心地が悪い。

昼休み。いつものメンバーで、廊下側の麻子の席に集まっていた。すると麻子が、今朝言っていた「紹介したい人」について、詳しく話してくれたのだ。

「ふうーん？　野田くんって美波みたいなタイプが好みだったのかあ」

奈緒ちゃんがにやにやと笑みを浮かべている。

「雄哉ね、あたしと美波が一緒にいるとこ見て、気になってたんだって。かわいいから、話してみたいって」

麻子はちらっとわたしを見た。

「人ちがいじゃない？　わたしなんて、べつに」

かわいくもないし、麻子たちみたいに目立つわけでもないのに。

「美波だよ。雄哉がちゃんとそう言ったんだから」

信じられない。

野田雄哉くんは麻子や森尾くんと同じサッカー部。麻子と楽しそうにしゃべっているところを見たことがあるぐらいで、彼についてはぜんぜん知らない。

「あの。でもわたし」

「美波ってば、そんなにガチガチに緊張しなくてもいいんだよ？　気楽に気楽に、とりあえずお友だちになろうよってコトで」

麻子はにっこり笑った。

べつに緊張してるわけじゃないって言いたかった。なのに言えない。そんな自分が情けない。

「美波、まじで奥手すぎ。ちょっとは男子に慣れたほうがいいって。ってか、いままで好きになった人、ひとりもいないの？」

奈緒ちゃんに聞かれて、こくりとうなずいた。

「ひえー。天然記念物って感じ」

由紀ちゃんが大げさに驚いた。恋愛したことのない高校生なんて、たくさんいると思うんだけど……。みんなはそんなふうには思ってないみたいだ。

「ちょっといいなーとか、そういうのもない？」

麻子が身を乗り出す。

「ない、かな」

小さく笑った。

「ほんとのほんとに？　一ミリもないの？」

まだ麻子は引かない。わたしは少し迷って、

「中学のとき、国語の田淵《たぶち》先生っていいたよね？　ちょっとだけ、いいなって思ってた」

しょうがなく、そう告げた。ほんのりと憧《あこが》れていた程度で、恋でもなんでもないと思う。でも、先生の雰囲気が好きだったのは確か。それに優しかった。進路に悩んでいたとき、はげましてもらったことがある。

「ええーっ？　タブチぃー？」

麻子は顔をしかめた。

「あいつ猫背で声ちっさくてあたしは絶対無理。なんか暗いし」

ばっさりと斬《き》って捨てる。由紀ちゃんと奈緒ちゃんが、

「えー？　どんな先生なわけー？」

と話を広げようとする。麻子はいきいきと田淵先生のちょっと情けないエピソードを語りはじめた。由紀ちゃんが手を叩いて爆笑する。

先生、そんなにおかしいことした？　わたしは先生が時々やらかすドジも、かわいいなあって思っていたのに。

やっぱり言うんじゃなかった。「誰もいないよ」ってごまかし通せばよかった。

「美波って、けっこう変わったシュミしてんだね」

奈緒ちゃんがわたしをちらっと見た。わたしは、「そうかな」と、へらりと笑った。笑うしかない。それしかできない。

でも。少しずつ、少しずつ。自分の中のなにかが削られていく。

ふいに、視線を感じた。教室後方を振り返る。

どきっとした。

葉月くんだ。壁にもたれかかるようにしてたたずんでいた葉月くんが、じっと、わたしを見ている。

目が合った瞬間、葉月くんはそらした。そしてそのまま、後方のドアから出ていってしまった。

「美波？　美波、どしたの？」

麻子がわたしの顔をのぞき込む。

「なんでもないよ」

わたしはふたたび、顔に笑みを貼りつけた。

葉月くんとは朝も目が合ったし、そういえば授業中も時々視線を感じていた。わたしも一日中気になっていて——謝りたいと思っているのもあるけど、それだけじゃなくて、ずっと、ゆうべの夢の感触が消えないのだ。

でも、葉月くんには、わたしを気にする理由なんてないよね？

きっと気のせいだ。

午後の授業も何事もなく終わり、放課後になった。すぐに葉月くんは席を立つ。

わたしもあわてて立ち上がった。今日謝ると決めていたのに、結局、話しかけることすらできていない。

教室を出ていく彼を追いかける。

「あ、あの。待って」

たとえ、わたしのひとりよがりだったとしても。あのときの言葉は本心じゃないんだってことは伝えないと。

「待って」

廊下で、彼は足を止めて振り返った。

吸い込まれそうにきれいな、澄んだ瞳が、わたしをとらえる。怒っているようでも、わたしをとがめているような感じでもない。ただただ、わたしをまっすぐに見つめていて……。

とくとくと心臓が脈打ちはじめる。

わずかな沈黙のあと、葉月くんのくちびるが動いた。でも、声は聞こえない。

もしかして、わたしの呼びかけに答えようとしてくれている？

「葉月、くん？」

一歩。わたしは彼に寄った。

いまなら、謝れるかもしれない。話せるかもしれない。

「わたし、ね」

「美波」

麻子の声がわたしを呼び止める。

「なにしてんの？」

麻子が小さく首を傾《かたむ》けた。

「四組、まだ終わってないみたいだから一緒に待ってよ？」

「あ……」

森尾くんと、野田くんのクラスだ。

葉月くんはくるりと背を向けると、歩きはじめた。

「あの、麻子。わたし」

今日はひとりで帰っちゃダメかな？　野田くんたちと遊ぶより、いまは葉月くんに話したいことがある。それにわたし、野田くんとどんなふうに接していいかわからない。どうせ、話してみるとすごくつまらない子だと思われるのがオチだ。それならそれでいいけど、でも。

麻子はわたしの手をきゅっと握りしめた。

「実はあたし、うきうきしてる。つきあいはじめてからはずっと卓己と過ごしてて、美波と一緒に帰るの、ひさしぶりだから」

麻子は笑った。

「麻子……」

「街に寄ってこうよ？　美波まじめだから、ぜんぜん寄り道とかしないでしょ？　たまにははっちゃけよ？」

わたしは、うなずいた。もう大丈夫なんだと思った。わたしはもう、麻子に嫌われていない。正真正銘《しょうしんしょうめい》、あのころとはちがうんだと、そう思えた。

だからわたしも、いい加減昔のことはもう忘れて、いまのこの関係を壊さないように努力しようと思った。

2

一年四組の教室そばの廊下に移動する。しばらくすると、閉め切られていたドアががらりと開き、生徒たちがぞろぞろと出てきた。

「麻子！」

快活な声が響く。森尾くんだ。森尾くんは教室の外に出るなり麻子を見つけ、ぱっと光がはじけるような笑顔を見せた。くるっと大きな瞳と、笑ったときにのぞく八重歯《やえば》が印象的な男の子。

「もうっ。声大きすぎ。みんなこっち見てるじゃん」

麻子はぷうっとむくれた。

「あーさこっ。会いたかったよー」

森尾くんは麻子の頭をくしゃっと撫《な》でた。

「だーかーらっ。学校でこういうの、目立つからやめてって言ってるでしょっ」

上目遣いで森尾くんを軽くにらむ、麻子。拗《す》ねてみせているけど、声がほんのり甘い。砂糖菓子みたいに甘い雰囲気のふたり。わたし、ジャマ者感がはんぱない。

すると森尾くんは、やっとわたしに視線を向けた。

「坂本さん。今日はよろしく」

にっと笑う。わたしはぺこりと頭を下げた。

「もうちょっと待ってて。あいついま、担任に呼ばれて話してるから」

「あ。うん」

ぎゅっと、鞄を持つ手に力をこめる。「あいつ」って、野田くんのことだよね。

ほどなくして、教室から、背の高いがっしりした男の子が出てきた。野田くん、だ。サッカー部らしくこんがりと陽《ひ》に焼けていて、大きめの目は目じりが少し垂れていて、甘い雰囲気の顔立ち。

野田くんはわたしと目が合うと、にっと笑った。すぐに駆け寄ってくる。

「どーも。はじめまして。ってか、はじめましてでいーんだよな？　坂本さん、おれのこと知らないよね？」

こくりと、うなずく。

「野田雄哉。呼び方はなんでもいーよ？　苗字《みょうじ》でも名前でも」

野田くんは自分を指さして、そう言った。

さすがにいきなり名前では呼べない……かな。そう思って、わたしは曖昧な笑みを返した。

野田くんは背中をかがめて、わたしの顔をのぞき込んで小さく首を傾けた。

「おれは美波ちゃんって呼んでいい?」

えっ、いきなり名前?

ちょっとびっくりしたけど、面と向かって嫌とは言えない。ぎこちなくうなずくと、野田くんは小さく口の端を上げて、「よろしく美波ちゃん」と低めの声で告げた。

野田くんってもしかして……すごく、女の子の扱いに慣れている? それともこれぐらいふつうなの? よくわからない。

「ってか早く学校出よう? どこ寄ってく? 街行ってぶらぶらする?」

森尾くんが野田くんを小突いた。

「あたしいろいろほしいモノあったんだー。見てまわってもいい?」

と、麻子。

四人で階段を下り、靴箱で靴をはき替える。

うちの学校から繁華街は近くて、坂道をくだり、大きな通りに出て、路面電車に乗ればすぐだ。おしゃれなショップやカフェの立ち並ぶ通りもあるし、洋服やインテリア雑貨のショップがたくさん入ったビルもある。わたしたちはとりあえず、そういうビルのうちのひとつに向かった。

わたしは麻子と一緒に、麻子が目をつけていた新作コスメを見ている。

「卓己と一緒に来てもさあ、なに見ても『いいんじゃない?』って言うだけなんだもん。やっぱこういう買い物は女子同士が一番」

麻子は上機嫌だ。とはいえわたしも森尾くんと同じく「いいんじゃない?」以外の意見は言えそうもなかったけど。

「ねえ、この色どう?」

麻子が手に取ったリップは、あざやかなコーラルオレンジ。

「すごくきれい。発色がいいよね」

この色、絵に使いたい。夢の世界の、黄昏の空の端に残ったオレンジ色に似ている。家に帰ったら絵の具を混ぜてこの色を作ってみよう。

「買っちゃおうかな? でも洋服もほしいし、今月金欠なんだよね。洋服見てから考えようかな。バイトしたいけど、部活やってるとそんな時間ないんだよねー」

麻子はつぶやくと、リップを棚に戻した。

わたしたちが買い物をしているあいだ、男子ふたりは少し離れたところで談笑している。店内にはコスメを物色している男子のすがたもちらほらあるけど、あのふたりはそういう子たちとちがって、本当に興味がなさそうだ。

「美波は色白だからこういうの似合いそう」

麻子が真っ赤なリップを指さした。

「えっ。派手すぎない?」

「大丈夫、つけると案外馴染《なじ》むんだよ。でも雄哉が好きなのはもっと清楚《せいそ》な感じの控え目メイクなんだよね。こういう、ほんのり色づくやつ」

今度は麻子はさくら色のリップを手に取った。

「買ったら? そんなに高くないし。絶対、すっごくかわいくなるから」

「でも」

たしかにすてきな色だけど、野田くんの好みに合わせてるみたいで、気が引ける。

「っていうか雄哉ってまじでモテるんだよね。中学のときも何人か彼女いたっぽいし。あっ、でも軽いとかじゃないから大丈夫。美波、すごいラッキーだよ。雄哉のほうから気になるとか言ってもらえてさあ。このチャンスつかまないと」

ラッキー……。チャンス……。

どんな言葉を返せばいいかわからなくて、とりあえず笑みを浮かべる。

「で、買う?」

迷った。買ったところで、使う日が来るような気はしない。でも、もう高校生なのにコスメひとつ持っていないのもおかしいのかも。

「どうするの? そろそろ別のお店行きたいんだけど」

「じゃあ、……買う」

わたしはレジに向かった。

麻子が野田くんのことをすごく推《お》してるっていうのはわかった。わたしは、あんまり気が進まないけど……。

でも、大丈夫。どっちにしろ、このまま進展はないと思うから。

野田くんみたいな活発で目立つタイプの人には、わたしみたいなタイプの子はきっと物足りない。仮に、わたしの雰囲気を、遠くから見かけてちょっといいなと思ってくれてたとしても、今日、わたしはほとんど麻子としか話してないし、きっと野田くんには「なんかちがうな」と思われたと思う。

きっともうこれから、「またみんなで遊びたい」とか「もっと話したい」なんて言われること自体、ないだろう。

そんなふうに、軽く考えていたんだけど……。

「ハラ減ったな」

ビルから出たとたん、森尾くんがつぶやいた。

「いっつもお腹《なか》すかせてない？」

麻子が森尾くんのお腹をちょんとつつく。

「まあまあ。おれたち育ち盛りですから」

野田くんはにっと笑うと、

「美波ちゃんはファストフードとか食べるの？」

と、わたしに聞いた。

「う、うん。ふつうに食べるけど」

「まじ？　あんまり食べなさそーなのに。なんか、ちっこいスイーツとかパンケーキとか食ってそう。そんですぐ、『お腹いっぱい』って言いそう」

「どういうイメージよ」

麻子がつっこむ。わたしはスイーツより辛いもののほうが好きだし、パンケーキよりラーメンのほうが好きだ。でも、そんなこと言う必要もないか、と思って黙っていた。

近くにあるハンバーガーショップに入る。店内はすいていた。注文を終え、四人で窓側の席についた。

麻子が森尾くんのとなりに座ったから、自然と、わたしは野田くんのとなりに座ることになった。

すぐに店員さんが四人分のトレイを運んできてくれた。男子ふたりはハンバーガーとポテトとドリンクのセット、麻子はドリンクのみ。わたしはポテトとドリンク。

ほぼ初対面の男子がとなりにいるのが落ち着かなくて、わたしは下を向いてひたすらにポテトを食べていた。

するとと、ふいに野田くんが、

「かわいー。リスみてえ」

とつぶやいた。え？　と顔を上げると、野田くんが頬づえをついてじっとわたしを見ている。

さっきの、わたしのこと？　まさかね。でも、どうにも居心地が悪くて、からだが縮こまってしまう。

わたしが黙っていると、三人は、部活の話で盛り上がりはじめた。

「ほんっと、あいつ、なんでサッカー部入ったんだろーな？　先輩の指示も一回で理解できねーし、トロすぎ」

野田くんが言うと、「言いすぎだって」と、森尾くんが笑う。

同じ一年生部員の話みたいだ。トロいとか、いつもおどおどしてるとか、散々な言われようで、自分のことを言われてるわけじゃないのに、胃のあたりが苦しい。

もう帰りたい。

三人の声はだんだん大きく、熱を帯びていく。

それと反比例するように、どんどん、わたしのまわりの空気がうすくなっていく。

呼吸が浅い。……ダメだ、また発作が来てしまう。

「おーい、坂本さーん？　どしたのー？　顔色悪いけど」

森尾くんに話しかけられて、わたしは顔を上げた。ゆっくりと呼吸を整える。よかった、「あの世界」に落ちずに済んだ。

「ごめん、大丈夫だよ。ちょっと寝不足で」

あわてて言い訳した。

「今日はもう帰る？」

「……うん。でも、みんなはまだ遊びたいでしょ？　わたしのことはいいから、楽しんで」

「送ってくよ。家どこ？」

野田くんが、間髪入れずにそう言った。

「大丈夫。ひとりで帰れるから」

野田くんとふたりきりで帰るとか、間が持たないし、それに、なんとなく自分の家を知られたくなかった。わたしたちは、まだ友だちですらない。

野田くんの表情がわずかに曇る。わたしはあわてて笑顔を作った。

「心配してくれてありがとう。でも、迷惑かけたくないから」

迷惑なんて、と言いかけた野田くんを、森尾くんがさえぎった。

「雄哉、いきなりそんなにぐいぐい行くなって。まだ外も明るいし、大丈夫でしょ。坂本さん、気をつけてねー。今夜はぐっすり寝るんだよ？」

笑顔でわたしに手を振ってくれた。助かった。わたしはみんなに小さく手を振ると、自分の荷物とトレイを持って席を立った。


ひどく疲れていた。肩が重くて、頭がにぶく痛む。

実は緊張していたのかもしれない。ほぼ初対面の子といきなり遊びに出かけたから。やっぱり野田くんとわたしは合わない気がする。

きっと野田くんだって、もう誘ってこないだろう。

夜、ベッドに入ると、わたしはすぐに眠りの世界へ落ちた。誰もいない世界へ。

今度はまた学校にいた。中庭の花壇のそばだ。たくさんの花がそよそよと風に揺れている。わたしはスカートが汚れるのもかまわず、花壇のふちに腰かけた。

夢の世界では、わたしはいつも制服を着ている。学校かその周辺に降り立つことが多いからだと思う。

リアル世界では真っ赤な花壇のサルビアも、わずかに青みがかっていた。風にそよいで、やわらかい光を浴びて光って……、まるで、群れて泳ぐ熱帯魚みたいだ。

そっと目を閉じる。

心が凪《な》いでいく。ひとりきりでこうして誰にも気を遣わないでいられるのって、こんなにも心地いい。

ふたたび、目を開けると。

熱帯魚のようなサルビアの花たちの向こうに、葉月くんのすがたがあった。

「葉月くん……」

わたしは立ち上がった。

まさか。どうして、またここにいるの？

花壇の向こう側にいた葉月くんは、すぐにわたしに気づいた。目が合った瞬間、心臓が大きく跳ねる。

葉月くんはまっすぐにわたしのそばへ歩いてくる。

自分の鼓動がうるさい。

「坂本さん。……また、会った」

「う、うん」

スカートの生地を、ぎゅっと握りしめる。葉月くんも制服だ。

「二度目、だね」

わたしの声、かすれている。

葉月くんはうなずいた。

勘ちがいしちゃダメ。ここはわたしの夢の世界、わたしの心の中。目の前にいる葉月くんは、まぼろし。わたしが作り出した、彼のまぼろしなんだ。

だから、いまここにいる葉月くんは、現実の葉月くんとちがって、こうしてわたしに話しかけてくれる。ちゃんと、わたしの告げた言葉にうなずいたり、言葉を返したりしてくれる。

だから、つい、わたしは。

「あの。……ごめんね。ごめんなさい」

わたしは葉月くんに頭を下げた。

夢の中で謝ったって仕方ないのに。ちゃんと現実の彼に謝らなきゃ意味がないのに。

「なにが？」

まるで心当たりがないとでもいうように、葉月くんは首を傾ける。

「昨日の昼休み。わたし、葉月くんのことを悪く言ってしまった」

「ああ。そういえばそんなことがあったな」

つぶやくと、葉月くんはちらとわたしを見た。

「で？」

「ごめんなさい。あれは、本心じゃないの」

「本心じゃない？」

葉月くんはわずかに眉を寄せた。わたしはうなずく。

「本当はあんなこと思ってなかった。悪口なんて……言いたくなかった」

「ふうん」

葉月くんは、小さく口の端を上げた。

「じゃあどうして坂本さんは、本心じゃないこと……、言いたくもないことを、口にしたわけ？」

「えっ」

それは……。

「空気壊したくなかったから？　友だちに合わせて悪口言わなきゃ、嫌われるとでも思った？」

葉月くんはまっすぐにわたしを見つめた。水晶玉のような、透き通った目。

鼓動がさらに速くなる。

わたし……。見透かされてる？

3

サルビアの花が揺れた。

葉月くんはわたしから目をそらさない。

「坂本さんは、さ。あの人たちに嫌われるの、そんなに怖い？」

淡々と、静かな口調でわたしに問う。その目にも、声にも、怒りの感情は含まれていない。怒って責めているわけじゃない、ただ、心に浮かんだ問いをそのまま口にしているような……。

わたしは、小さくうなずいた。

「怖いよ。麻子たちに嫌われたら、わたし、ひとりになってしまう……」

声がふるえて、消え入りそうになった。

葉月くんが言った〝あの人たち〟って、麻子たちのことだよね？

ふうん、と、葉月くんは小さく息を吐く。

「ひとりもそんなに悪くないけどな。おれはもう慣れた」

「わたしは葉月くんとはちがうから。葉月くんみたいに強くないから」

つい、むきになってしまう。教室の誰とも交わらずに、ううん、むしろ寄せつけないようにしている葉月くんとは。わたしはちがう。

「強い？」

葉月くんの瞳が揺れる。

「へえ。おれ、坂本さんからはそんなふうに見えてるんだ」

「ちがうの？」

葉月くんはなにもこたえない。その代わり、

「言い返してみればいいんじゃない？　たまには。わたしはそうは思わない、って。たまには自分で課題やってきたら？　ってさ」

と言って、口の端を少し上げた。

かあっと、顔が熱くなる。なんで課題のことを……。

「おれさ、ずっと気になってたんだよ、坂本さんのこと。となりの席だから視界に入るし、坂本さんの友だちの話し声も聞こえるから」

「なにが……言いたいの？」

「坂本さん、あの人たちに利用されてない？　いつもノート見せてるよね？」

「利用って、そんな」

ずきっと胸に痛みが走る。

「そんな……そんなことない」

利用なんてされてない。それじゃ、麻子たちがわたしと打算でつきあってるみたいじゃない。

「みんな部活とかバイトとかで忙しいんだよ。わたしだってたまに見せてもらうことあるし、おたがい様だよ」

思わず、葉月くんをにらむ。すると葉月くんは、いきなり、くすっと笑みをこぼした。

「な、なんで」

どきんと心臓が大きく跳ねた。

葉月くんの笑った顔、はじめて見た。

いつもの鋭いまなざしが、やわらかく細められて……。まるで、雲のすきまから陽が差したみたいで。

「な、なにがおかしいの？　ばかにしてるの？」

どきどきしているのをごまかすみたいに、わたしは聞き返した。

いや、と、葉月くんは首を横に振る。

「ちゃんと言い返せるじゃん、って思って」

「え」

「そんなふうに、あの人たちにも言い返せばいいいんじゃない？」

やわらかい笑顔のまま、葉月くんはわたしの目をまっすぐに見つめた。

「まさか、わざと」

わたしを怒らせるために、わざと挑発するような言い方をしたの？

「まあでも、おれとあの人たちはちがうからな。坂本さんはおれに嫌われてもなにも困らないから言い返せた。でも、あの人たちに嫌われたら孤立する」

あごに手をやって、葉月くんはぶつぶつとつぶやいている。

「葉月くんって、こんなにたくさんしゃべる人だったの？」

わたしがこぼした問いに、葉月くんは決まり悪そうにうなずいた。

「まあね」

「それに、ふつうに笑うし」

「そりゃおれだって笑うよ」

「でも学校では」

「そう。学校ではできないんだ」

「え？」

わたしは固まった。でき、ない？

「どういうこと？」

「声が出ないんだ。だから、ふつうにしゃべることも、声をあげて笑うこともできない」

声が出ない。

だから教室では誰ともつるまないの？

誰とも話さないの？

そういえば、ここではじめて会ったとき、葉月くん、『おれの声が、聴こえるのか？』って言ってた。名前を呼ばれたわたしが反応したことにびっくりしたってこと？

聞きたいことがつぎつぎに湧いてきて、頭の中で渦《うず》を巻いている。でも。

「……どうして？」

こんなふうにしか、聞けない。

「どうしてなんだろうな？　まあ、心当たりはあるけど……。っていうか坂本さんも、けっこう遠慮なくずけずけ人に質問しまくるんだね」

葉月くんはくすっと笑った。

はっとして、とっさに口に手をあてる。わたし、デリカシーがなさすぎた。

「気にしないでよ。べつに嫌じゃないから」

「でも」

「ここは夢の中なんだから。おれは声が出るし、坂本さんも言いたいことはなんでも言える。それでよくね？」

「いいの……かな」

いいんだよ、と葉月くんはきっぱり言い切った。その笑顔につられるように、わたしも笑う。

そうだよね、ここは夢の世界なんだもん。目が覚めたら全部終わり。現実世界にはなんの影響も出ない。

わたしたちは、花壇のふちにとなりあって腰かけた。キンモクセイの甘い香りがする。空はうす青くて、やわらかな雲が漂っていて。

朝が来て現実世界に呼び戻されるまで、わたしたちはずっと、ふたりでとりとめもない話をしたり、空を見たり、校舎のまわりを歩いたりしていた。


無機質な電子音が鳴り響いて、わたしは目を開けた。

スマホのアラームを止める。

帰ってきちゃった、現実に……。わたしは小さくため息を吐く。

葉月くん、また夢に出てきた。

葉月くんの秘密を知った。

からだがずっとふわふわしている。

夢の中で、葉月くんがいつも休み時間に読んでいる本の名前を教えてもらった。

髪の色が明るいのは生まれつきで、染めたり脱色したりしているわけじゃないことも、教えてもらった。

学校に行ってもふわふわは続いていた。学校の敷地にはキンモクセイの木なんてないのに、どこからかほのかに甘い香りが漂ってきて、そのせいか、夢の世界の気配が消えない。

意識しないようにしても、葉月くんのことをつい見てしまう。

夢の中に出てきた人のことがみょうに気になる。そんなことが、昔もあった。中学生のときだった。となりのクラスの男子が夢に出てきて、それから二日ぐらい意識してしまったけど、すぐに忘れた。今回も、きっとそうだ。

ただ。わたしが見ている夢はどこか特殊で、まるで鏡映しの世界のようだということと、夢に現れる他人が葉月くんだけだということ。しかも二回連続で現れたということ。それらがどうにも引っかかるし、……やっぱり気になってしまう。

休み時間、葉月くんは文庫本を読んでいる。カバーがかかっているからタイトルはわからない。ゆうべの夢の中で、ちょうど半分ぐらい読み終えたところだと言っていた。海外の作家の、きれいなタイトルの本……。なんてタイトルだったっけ？

わたしはつぎの授業の予習をするふりをして、ちらちらと葉月くんを見ていた。

髪は生まれつき色素がうすくて、中学のころは「黒く染めてこい」と本末転倒《ほんまつてんとう》なことを先生に言われることもあった、と言っていた。

「従うわけないだろ？　そんなおかしな話ねーよ」って。

男子が葉月くんの机のすぐそばを通り過ぎた。その拍子に、葉月くんのペンケースが机の上から落ちてしまう。

でも、葉月くんは本に集中していて気づかない。

わたしは席を立って、ペンケースを拾った。

「あの、これ」

話しかけると、葉月くんは本から視線を上げてわたしをちらと見た。

「落ちてたから」

どきどきと鼓動が速くなる。夢の中での笑顔を思い出して、顔に熱がのぼっていく。またあんなふうに笑ってくれたら……。

でも、葉月くんは、無言でペンケースを受け取った。もちろん笑顔なんてない。

ちくりと胸にトゲが刺さる。

そうだよね、夢の世界の葉月くんと、現実世界の葉月くんは別人。

夢の中で葉月くんが話してくれたいろんなことも。声が出ないっていう秘密も。

現実の葉月くんには、一ミリも関係ない。

それどころか、わたし、〝現実の〟葉月くんには、まだ謝ることすらできていない。

怒って……いるのかも。

ふうっと、ため息を吐く。

「美波」

ふいに、肩に手が置かれた。

振り返ると麻子がにっこりと笑っている。

「ゆうべはぐっすり眠れた？」

「うん。昨日はごめんね。わたし、メッセージに気づかなくて」

昨日の夜、麻子からスマホにメッセージが届いていたらしく。早い時間にベッドに入り深い眠りに落ちていたわたしはまったく気づかず、朝になってもぼうっとしていて気づかず。家を出る直前に気づいて、とりあえずスタンプだけ返していたのだ。

「いいのいいの。美波の体調がよくなったんなら、それで」

それより、と麻子は続ける。

「今度、四人で遊びに行きたいねって話になったんだけど、どう？」

「え？」

四人って、昨日のメンバー……だよね？

「野田くんも?」

「当たり前でしょ? ってか美波と雄哉がメインっしょ?」

「でも」

口を開いたタイミングで、チャイムがなった。

「じゃあねー美波。今日、部活のとき、さっそく雄哉たちに話しておくから。ダブルデート、美波も乗り気だって」

麻子はぱちっと片目をつぶって、かろやかに自分の席へ戻っていった。

乗り気……? わたしが? 〝ダブルデート〟に?

どうしよう。わたしが野田くんたちと遊びに行くのは、昨日の放課後が最初で最後だと思っていた。なのに……。

ドアが開いて、数学の先生が入ってくる。もう授業がはじまるのに、切り替えができなくて、うつむいたままでいたら。

視線を感じた。——となりから。

おそるおそる横を見ると、ぱっと葉月くんと目が合った。でもすぐに、葉月くんは視線をそらして、教卓のほうを向いてしまった。

——そんなふうに、あの人たちにも言い返せばいいんじゃない?

夢の中の葉月くんの言葉が、鼓膜《こまく》の奥によみがえる。

言い返す、か。言い返すっていうか、本当の気持ちを告げる……ってことだよね？

麻子に、言ってみようか。わたしはダブルデートに行きたくない、って。

でも、そうしたら、きっと麻子は、「どうして？」と聞いてくるよね。「雄哉が嫌なの？」って、直球で切り込んでくるかもしれない。

嫌なわけじゃない。嫌になるほど、わたしは野田くんのことを知らない。ただ、すごく疲れるのは確か。

一緒にいて疲れるだなんて、すごく失礼な言い方だと思う。わたしがもしそんなふうに思われたら、傷つく。でも、どうしようもない。

「どうしよう……」

わたしは教科書を開きながら、ため息を吐いた。

仮病でも使おうか。でも、昨日も体調が悪いと先に帰ったし、印象悪いよね。それにもし仮病がばれたら……麻子は絶対に怒る。

しかもその怒りを、由紀ちゃんたちにぶちまけてしまうかも。「美波サイテーだよね」って。

わたしの悪口で盛り上がる三人のすがたが脳裏に浮かんで、みぞおちがぎゅうっと苦しくなる。まわりの空気が、うすくなる。

先生がさっそく数式を黒板に書き込みはじめた。チョークの音が耳につく。

〝発作〟が来ないように、ゆっくりと深呼吸する。

とりあえず、明日は土曜日。待ちに待った休みだ。麻子たちも部活やデートで忙しい。わたしも、自分だけのために、時間を使える。

3.わたしが消えてしまう

1

金曜の、夜。

わたしが夢の世界に降りたとき、すでにそこには葉月くんがいた。

三度目だ。

今度は学校の図書室にいた。図書室はもともと静かな場所だけど、夢の中の図書室はその比じゃなかった。湖の底のようにしんと静かで、葉月くんが本のページをめくる音だけが響いている。

「葉月くん、夢の中でも本読んでる」

話しかけると、葉月くんは顔を上げた。

「ほんと、おれ、どうかしてるよな」

「いつも教室で読んでるの、なんてタイトルだったたっけ？」

「十月はたそがれの国」

そうだった。すごくきれいなタイトル。今度は忘れないようにしよう。

「活字中毒なの？」

「そうかも。中学のころは、絶対に学校で本なんか読んだりしてなかったけど」

「なんで?」

「おれ、ひとりで読書するようなキャラじゃなかったんだよ。まんが以外の本読んでたら仲間にいじられたね、絶対」

「ふうん……」

どんなキャラだったんだろう。想像できない。

「だからいまは、逆に楽だったりする。キャラ演じなくていいし、もう、誰にどんなふうに思われるか気にする必要もないから。っていうか、気にしたって無駄だし」

「それって……」

声が出ない、から?

聞こうとしたわたしを封じ込めるように、葉月くんはぱたんと音を立てて本を閉じた。

「あの。学校では声が出ないってほんと?」

それでもわたしは食い下がる。ここは夢の中だし、言いたいことはなんでも言える。そう言ったのは葉月くんだ。

「ほんとだけど。中二の三学期から出ない」

「みんな知ってるの? それ」

「先生たちは知ってるよ。生徒は、誰も知らないいんじゃないかな。おれと同じ中学の奴、いないし」

「どこ中出身なの？」

葉月くんは、県内の遠くの街にある公立中学の名前を告げた。

「えっ、遠くない？　どうやって通ってるの？　電車？」

「親元離れて、うちの高校の近くに住んでるおじさんの家に下宿させてもらってる」

「そう、なんだ」

それだけしか言えなかった。

葉月くんは親元を離れてまで、同じ中学の人たちとの関係を断ち切りたかったってこと？

「そんな深刻なカオすんなよ」

葉月くんは笑った。

「ってか、ごめんな。リアクションしづらいよな、いきなりこんな話」

「ぜ、ぜんぜん！」

思いっきり、首を横に振る。わたしが無理やり聞き出したようなものだ。

「おれ、舞い上がってるのかも。ここだと自由にしゃべれるから。自分の声で自分の気持ち、言えるから。だからおれ」

葉月くんはゆっくりと歩き出した。わたしもついていく。葉月くんの茶色がかった髪が、窓から差し込む光を浴びて光っている。うす青い、透明な光。

見とれていると、葉月くんは、

「おっ。いい本みっけ」

と、棚から一冊の本を抜き出した。

「アクアリウムの作り方……?」

「興味あるんだ、最近。生物準備室の……」

葉月くんの声が遠くなる。一生懸命聞き取ろうとしているのに、だんだん声が小さく、かぼそくなって、そのすがたもおぼろげにかすんで……。


ぱちりと、目を開けた。

朝の白い光が、カーテン越しに差し込んでいる。わたしは現実に引き戻された。

わたし、本格的にどうかしている。

夢の中にもうひとつの世界を作り出していること自体、どうかしてるのに。さらにクラスメイトのまぼろしまで作り出して、会話してるだなんて。

「いったいなんなんだろう……」

自分が怖い。葉月くんの話もみょうに具体的だし。勝手にこんなイメージを作り上げてるだなんて、本物の葉月くんに申し訳ない。

ベッドからすべり下りると、ローテーブルに置かれた絵が目に入った。昨日、帰宅してから仕上げた、アクアリウムの絵。

――興味あるんだ、最近。生物準備室の……。

あのとき葉月くん、なんて言ってたんだろう？　意識が現実に呼び戻されて、最後まで聞き取れなかった。生物準備室の……アクアリウム？

そういえば先週、わたしが葉月くんの陰口に加わってしまった日。あそこで葉月くんと会った……。

葉月くんも、もしかして生物準備室に時々来ている？

まさかね。夢の中の葉月くんと、現実の彼は、別人だ。混同しないようにしなくちゃ。

午後になると、わたしは、新しい画用紙を木製パネルに水張りした。

水彩画にはたっぷりの水を使う。絵の具を溶いた水を絵筆に含ませ、何度も重ね塗りして描いていくから、水を吸った紙がたわんでしまわないように、あらかじめパネルに水張りする作業が必要なのだ。

これからわたしは、わたしだけの夢の世界を描く。誰もいないうす青い学校だ。黄昏の空、青みがかった花壇のサルビア、校舎のガラス窓……。

ずっと描き続けていたかったけど、学校の課題があったのを思い出して。絵を描くのを中断して、机に向かった。

でも、課題がすごく難しくて、何度も投げ出したくなって。〝発作〟も、二回もきてしまった。

落ちていたのは一瞬で、すぐに現実に戻ってきたけど、葉月くんは現れなかった。

どうやら日中に〝発作〟で青い世界に落ちたときは、葉月くんには会えないみたいだ。いままで通り、ひとりきりだ。

でも、夜、ベッドに入ってふつうに就寝して落ちた世界では、葉月くんに会える。

日曜の夜も、葉月くんはいた。夢の世界に。

「どうした？　ぼんやりして」

葉月くんがわたしに聞く。今夜わたしが落ちたのは、屋上だ。

黄昏のうす青い空が近い。手を伸ばせばすぐに届きそうなほどに。

わたしたちは屋上のコンクリのふちに、となりあって腰かけていた。宙に投げ出した足がふわふわと心もとない。

「わたし、ここから飛ぼうかと思ったことがある」

わたしは、そんなことを告げていた。

「飛ぶ？」

「飛ぶっていうか……。なんだか泳げそうな気がしない？　魚みたいに、空の中を」

「ああ」

どこか納得したように、葉月くんはうなずいた。

「たしかに。この世界って、みょうにうす青くて、なんだか……、水の中にいるみたいだよな」

「うん。まるで湖の中」

学校ごと、街ごと、湖の中に沈んで忘れられてしまったみたい。水中で眠る街を、なぜかわたしはふつうに息をして歩いている。

「っていうか、水の中のほうが息するのが楽」

わたしは自嘲気味《じちょうぎみ》に笑った。

「なんで？」

葉月くんは笑わない。

「なんで、って……」

「そんなに苦しい？　リアルが」

真顔で見つめられる。あの、水晶玉のような瞳で。責めるでもなく、かといって好奇心で探ってくるのでもない。

「苦しい、のかな」

だからわたしも、するりと答えていた。まるで自分自身に問いかけるように、ひとりごとが自然に口をついて出たみたいに。

「葉月くんからは、わたしが麻子たちに利用されてるように見えるかもしれないけど、ちがうの。ちゃんと友だちだと思う。でもわたし……」

「やっぱりまだ言えないんだ？　自分の気持ち。嫌われるのが怖くて」

「友だちに嫌われるのが怖くない人なんている？」

「さあな。ただ」

「ただ、なに？」

「坂本さんは信用してないんだなと思って。友だちのことを」

「信用してない？」

葉月くんはうなずいた。

「本心告げたら嫌われるって思ってるんだろ？　安心して自分を預けられないんだろ？　疑ってるんだろ？　友だちがすぐに自分を見放すって」

「あ……」

そう、かもしれない。

胸が苦しくて、呼吸が浅くなる。中二の秋の、あのときの痛みがよみがえって。

「どうして坂本さんがあの人たちのことを信じられないのか、それはわかんねえけど。でも、言いたいことも言えずに、息苦しい思いまでしてあの人たちと一緒にいる理由って、なに？」

「それは……」

「ひとりは楽だよ？」

ひとりになりたくない、というわたしの答えを、先まわりして封じるかのように葉月くんは告げた。

「それとも。ぼっちだって陰口言われるのが嫌？　おれみたいに、あることないことうわさされるかもしれないしな」

葉月くんは小さく息を吐いた。

「ごめん、ね」

かすれた声で告げると、わたしは目を閉じた。

根も葉もないうわさ話に同調していたのは、ほかならぬわたし自身だ。葉月くんを傷つけていた、その行為が、今度はわたしに返ってくる。もしわたしが麻子たちと離れてひとりになったら、わたしがあんなふうに言われるかも……。そんなの、きっと耐えられない。

「ごめん、坂本さんのことじゃなくって……。あのときのことは、気にしてねえから」

葉月くんはあわてて告げた。

「それに……、坂本さんの気持ちもわかるから、おれ」

葉月くんの、少しハスキーな声が、鼓膜の奥に響く。あまりに世界が静かで、彼の声だけがここに存在しているみたいに。

「でもさ」

葉月くんは続ける。わたしは顔を上げた。

「ひとりになりたくないからって、なんでも飲み込んでたら、坂本さんがいなくなっちゃうよ」

わたしが？　いなくなる？

「坂本さん自身が、消えてなくなってしまう。それでいいの？」

葉月くんの腕が、わたしの腕に、わずかに触れた。その一瞬で、葉月くんのぬくもりが伝わってくる。

ぴりっと、電流が流れたみたいに、触れた部分がしびれて熱くなる。

とくとくと鼓動が速く大きくなって……、すぐそばにいる葉月くんに聞こえてしまわないか、心配になるぐらい。

目を閉じて心臓の音が落ち着くのを待った。

本当に葉月くんは、わたしの夢の世界が作ったまぼろしなんだろうか。

だって葉月くんは、その声も、言葉も、息遣いも、体温さえも、どうしようもなくリアルで。湖の中みたいなこの世界で、彼だけがリアルで。

「葉月くん」

あなたは、もしかして。

ふたたび目を開けたその瞬間、夢の世界は消えていた。

代わりに目の前にあったのは、わたしの枕と、シーツ。

「あ……」

むくりと、からだを起こす。

月曜日がやってきた。


頭の中を、夢の中で葉月くんが言った言葉がぐるぐるまわっている。授業中も、休み時間も。

つぎの授業は数学。わたしはひとり、授業で使うテキストを解いている。

となりの席の葉月くんは、いたっていつも通りのポーカーフェイス。

ただ……、時々目が合う。目が合っても、わたしはどぎまぎしてなにも言えないし、顔が引きつって笑いかけるどころじゃないし、葉月くんもなにも言わない。

ただ、小さくため息を吐いて視線をわたしからはずすだけ。

やっぱり現実の葉月くんは、夢の中の彼とは別人。

なのに、見つめずにはいられない。

何度も彼の言葉を思い出してしまう。

——坂本さんは信用していないんだなと思って。友だちのことを。

——息苦しい思いまでしてあの人たちと一緒にいる理由って、なに？

もしわたしが麻子たちと距離を置いたら、どうなるんだろう。

女子も男子も気の合う人同士グループを作っていて、教室移動するのもお弁当を食べるのも休み時間におしゃべりするのも、決まったメンバーと一緒だ。もう二学期だし、それぞれのグループのつながりは強くて、クラスで一番目立つ麻子のグループをはずれた、〝わけアリ〟のわたしを受け入れてくれるグループなんてきっとない。受け入れるどころか、避けられるかも。

それになにより、麻子たちが、グループを抜けたわたしをどんなふうに悪く言うか想像しただけで、ぎゅっと、胸の奥が絞られたみたいに痛くなる。

もう二度と、誰にも悪口なんて言われたくない。

テキストを解いていた手を止めて、わたしは額《ひたい》に手をやった。

葉月くんの言う通りだ。わたし、麻子たちのことをぜんぜん信用していない。

なのに離れられない。

「美波っ」

はずんだ声がわたしの名を呼ぶ。麻子だ。

「あのさあ、このあいだ言った、例の……ダブルデートのことだけど」

「え？」

ダブルデート……。どうしよう、うまく断る口実が見つからないままだ。

「明日、また学校休みじゃん？　創立記念日で。うちも部活休みだから、ちょうどよくない？　みんなで出かけるの」

「明日？」

なにか用事がなかったか、ぐるぐると脳内を検索するけどなにもヒットしない。生物部の幽霊部員のわたしは帰宅部に等しいし、バイトもしてないし、なにひとつ用事なんてなかった。

「っていうか、もうすでに遊園地のチケット、ゲットしてるんだよね。サッカー部のＯＢの先輩がバイトしてて、割引券もらえたんだ」

「え？」

遊園地に行くの？　聞いてないんだけど。

固まっているわたしの顔を見て、麻子は、

「ああ、チケット代ね。いったんあたしが立て替えたよ。気にしないで、お金はいつでもいいから」

わたしがお金のことを気にしていると勘ちがいしたみたいで、明るく告げた。

「ありがとう、でも」

いちおうお礼を言ったけど、わたしの意見を聞く前に、チケットまで買ったなんて。

「なになに？　明日どっか行くの？」

由紀ちゃんと奈緒ちゃんが連れ立ってやってきて、会話に割って入った。とたんに麻子はにんまりと笑みを浮かべる。

「遊園地でダブルデートだよっ。ねっ美波！」

麻子はわたしの肩をがしっとつかんだ。

「えーっ、それって野田くんと？　うわ、まじでうらやましい」

由紀ちゃんがうっとりと目をうるませる。

「麻子にメイクしてもらえば？　美波、すっぴんで行きそう」

奈緒ちゃんがくくっと笑う。

「いくら美波でも、ダブルデートなのにさすがにすっぴんはありえないって。ってか、いよいよ美波も初カレゲットかな？」

「ゲットのためにうちらが作戦練ってあげないと」

「なんかあたしまでどきどきするんだけど！　ねえ絶対画像アップしてよ？」

由紀ちゃんと奈緒ちゃんは大きな声で盛り上がりはじめた。

どうしよう、となりの葉月くんに聞こえてしまう。

なのに三人は止まらない。

「ちょっとあざといけどさ、お化け屋敷とかで、怖いふりしてきゃーって悲鳴上げて雄哉に抱き着けばいいじゃん？　あいつ単純だからそんなんですぐ落ちるよ」

麻子はにまにま笑った。

「待って、わたしべつに」

野田くんとどうにかなりたいわけじゃない。なんでわたし、野田くんにあざとく抱き着かなきゃいけないの？

「まあまあ」

と、麻子はわたしのせりふをさえぎった。

「とりあえず明日九時に駅集合だから。八時にうちに来てよ。一緒に駅まで行こう」

あー楽しみ、と麻子は舞い上がっている。

「ねえ、もう集合時間とか決まってるの？」

「美波、明日用事ないんだよね？　ならよくない？」

そんなふうに言い切られたら、なにも言い返せない。わたしがいないところで、日程も目的地も全部決まってるんじゃない。

わたしの意見が入る余地なんて、最初からないみたいに思えるよ。

それに麻子は、わたしが野田くんのことを好きだって、思い込んでしまっている。

「あのね麻子」

それはちがうって、言わないと。麻子はすごく押しが強い。わたしはいつもその勢いに負けて、流されてしまう。嫌われたくないという負い目も重なって、逆らえない。

ふいに、視線を感じた。となりの席から。

――葉月くん。

わたしがとっさに葉月くんのほうを見ると、彼はすぐにぱっとそらした。

でも、確かにいま、わたしを見ていた。わたしたちの会話、やっぱり聞こえていたよね？

――なんでも飲み込んでたら、坂本さんがいなくなっちゃうよ。

夢の中の葉月くんの言葉が、いま、すとんとからだに落ちてきた。

わたしの心が。気持ちが。伝えられずに、埋もれて、どこかに消えてしまう。まるで、最初から存在してなかったみたいに。

わたしが空気みたいにうすくなる。どんどんうすくなって、そのうち、消えていってしまう。

わかっている。それじゃ、ダメだ。

「麻子、わたしはべつに」

「あっ、つぎ数学だっけ？　やば、あたし今日当たりそうなんだよね。あー、数学の内田《うちだ》、嫌いなんだよね。答えまちがったら、延々嫌味言うじゃん」

いきなり麻子は話題を変えた。言いかけたわたしの言葉は、宙ぶらりんになってしまう。

「美波、テキスト解いてきてる？」

「……うん」

仕方なく、わたしはさっきまで解いていた数学のテキストを麻子に渡した。

「さんきゅ。ささっと写してすぐに返すね」

麻子は屈託なく笑う。

葉月くんに言われたみたいに、利用されてるわけじゃないと思う。本当に、そう思う。

でも、……ずるい。って、思ってしまう自分もいる。

当たりそうだって思うんだったら、自分で解いてくればいいのに。

わたしって、なに？　麻子にとってわたしって、友だちなの？

そう思うのに、結局わたしは麻子になにも言えない。

わたしって、いつもこうだ。

嫌なことを嫌だと言えない。そんな自分を、変えられない。

でも、変えられないままだと、わたしは。わたし自身は……消えてしまう。葉月くんが言ったみたいに。

2

そして、ダブルデートの日はやってきた。

昨夜の夜、夢の中で葉月くんに会えたけど、少しのあいだだけだった。現実から目をそらしたくて、明け方まで絵を描いていたから、眠ったのはほんの少しの時間で。すぐに朝が来て、葉月くんのほうが先に夢の世界から消えた。

ちょっとだけ、とりとめもない会話をかわしたけど、なんでだろう。葉月くんはなんだかよそよそしくて。

意を決したように、なにかを告げようと葉月くんが口を開いたそのとき、彼の輪《りん》郭《かく》がぼやけて。みるみるうちに幽霊みたいにうすくなって、……そのまま消えてしまったんだ。

まるで、彼のほうが先に目を覚ましてしまったみたいに。

目を覚ます？　葉月くんも？　そんなわけないのに、やっぱりわたしはおかしい。

にぶく痛む頭を押さえながら、ベッドから下りる。

「八時に麻子の家、だったよね」

ため息とともにつぶやく。ゆうべ「行けない」とメッセージを送ろうかと思ったけど、わたしの手は動かなかった。代わりに動かしていたのは絵筆だった。

ローテーブルの上に、昨夜仕上げた水彩画がのっている。夢の世界を描いた。

うす青い空、流木のような色をした校舎。青みがかった木々の梢《こずえ》がゆらゆら揺れていて……。

アクアリウムを描いた絵と、並べてみる。

「似てる、なあ」

色のトーンや、全体的な雰囲気が。わたしの夢の世界は、もしかしてアクアリウムなのかも。なんてことを、寝不足の頭で、ちらと考えた。


遊園地に行くということだったから、わたしは動きやすいジーンズとカットソーに、肌寒いときに羽織れるようなニットカーデを合わせた。足元はもちろんスニーカー。

すごく迷ったけど、メイクはしなかった。

由紀ちゃんたちの「いくら美波でもすっぴんはありえないって」っていうせりふが引っかかって、あわてて、ドラッグストアでプチプラコスメをそろえてはみたんだけれど。

そんなわたしをひと目見るなり、麻子は、

「なにそれ。小学生の遠足?」

と顔をしかめた。

なんでもずばずばはっきり言う麻子だけど、そんな言い方ってない。むしろおしゃれなんてしたくなかった。メイクしなかったのは、野田くんとつきあいたくて気合入れてるって、勘ちがいされたくなかったから。

「ダブルデートだよ? もっと男ウケしそうなスカートとかさあ……。相変わらずノーメイクだし。ってかクマできてるよ? 信じらんない」

ぶつぶつ言いながら、麻子は自分の部屋にわたしを通すと、ローテーブルの前に座らせた。

「全部あたしがやってあげる。早めに呼び出しといてよかった」

麻子はわたしの前髪を上げてピンでとめた。

「ベースから作っていくよ」

麻子はクリームを手に取ってわたしの頬に点々と置いた。

「待って麻子、わたし、こういうのは」

「なに言ってんの! 今日は勝負の日なんだからね!」

「待って、待ってよ」

「それにさ、あたしだってて、連れてる友だちがださいって、思われたくないんだよね」

麻子は低くつぶやく。

ださい友だち……。

麻子のなにげないつぶやきが、ずぶりと深くわたしを刺して。気持ちが一気にしぼんでしまった……。

麻子は慣れた手つきでわたしの目の下のクマを隠し、頬にほんのり赤みを差し、まつ毛をカールさせた。

「この程度でいっかな。あいつ清楚なのが好きだから」

麻子は満足そうにうなずくと、わたしに鏡を見せた。

鏡の中のわたしは、まるで自分じゃないみたいだった。化粧でこんなに変わるのかというぐらい、肌に透明感があって目もぱっちりと大きい。

「髪もやりたいけど時間ないね。駅行くよ」

「あ、麻子」

いつもながら、麻子のペースにはついていけない。体内時計がわたしのものとはちがうんじゃないかっていうぐらい、麻子はすべてのテンポが速い。

麻子の家を出て、駅へと向かうと、男子ふたりはすでに来ていた。森尾くんはジーンズとだぼっとした長袖《ながそで》Tシャツ、野田くんは黒のパンツにジャケットを合わせている。こうして見るとすごく脚が長い。

電車に乗って遊園地へ。フリーパスを買っていると、となりに野田くんが来て。

「めっちゃかわいい。学校とぜんぜんちがうな。どきどきした、おれ」

と、わたしにだけ聞こえるように、ささやいた。

「こ、これは麻子が」

言い訳すると、野田くんはにっと笑った。

「前から磨《みが》けば光りそうだなって思ってたけど、思った通り。しかも今日のためにがんばってきれいになったとか、かわいすぎ」

「えっ、そんなんじゃ」

びっくりしてしまう。

磨けば光る？　それってどういう意味で言ってるの？

「麻子に聞いたんだけど、このあいだ、リップ買ったんだろ？　麻子が『雄哉が好きそうな色』っつったらすぐレジに持ってったって」

「ええ……っ？」

そういえばそんなことがあった。べつに野田くんの好みの色だから買ったわけじゃないのに、麻子、そんな話を野田くんにしてるの？

「ふたりともなにしてんの？　早く行こうよっ」

麻子がはずんだ声で、わたしの背中をとんっと押した。

今日は平日で、土日よりも人は少ないとはいえ、それなりに混んでいる。人気のアトラクションに乗るには並ばなければいけなかった。

一応、四人一緒にまわっているものの、麻子はずっと森尾くんと手をつないで、森尾くんとばかり話している。だから、ジェットコースターの列に並んでいるあいだじゅう、わたしはずっと野田くんに話しかけられていた。

「っつーか部活やってないんだよね？」

「うん」

一応、生物部員ではあるけど、帰宅部同然だ。

「サッカー部のマネ、どう？　このあいだ、ひとりやめたんだよね」

「そうなんだ」

わたしはロボットみたいに、「うん」「へえ」「そうなんだ」しか返すことができない。

「使えねーマネージャーでさ。あれならいないほうがマシだけど」

野田くんは小さく笑った。わたしはうまく笑えない。

「ていうか、あいつらイチャつきすぎ」

野田くんは麻子と森尾くんを見やって、肩をすくめた。

「ほんとだね」

手を恋人つなぎしたり、かと思えば腕を組んだり、森尾くんが麻子の腰を引き寄せたり。目のやり場に困る。

「ってか、おれたちも」

つぶやくと、野田くんはすっとわたしの手を取った。びくっとして、反射的にわたしは手を引っ込めてしまう。

気まずい空気が沈む。

わたしたち、つきあってるわけじゃないのに。それどころか、ちゃんと話すのは二回目で、たいしておたがいを知らない。なのにいきなり。

ごめん、ぐらい言ってくれるかと思ったけど、野田くんはなにも言わず、何事もなかったかのように別の話題を振ってきた。

あいづちを打ちながらも、わたしは、早くも帰りたい気持ちでいっぱいだった。


ジェットコースターも、海賊船《かいぞくせん》を模《も》したゴンドラも、回転しながら落下するアトラクションも、全部わたしは野田くんのとなり。そうするために、麻子たちはわざとふたりでずっとくっつきあっているのかもしれない。

「おばけ屋敷入ろうよ」

麻子がはしゃいだ声を上げた。わたしに意味深な視線を送ってくる。多分、「中で悲鳴をあげてあざとく抱き着け」って言いたいんだろう。でも、

「ごめん、どうしても苦手で」

か細い声で告げた。おばけも幽霊も苦手じゃないけど、暗闇で野田くんとふたりはちょっと……。さっきみたいに触《ふ》れられたりしたくない。

「えーっ！　行こうよーっ。雄哉が守ってくれるから大丈夫だよっ」

麻子はぐいぐい来るけど、森尾くんが、

「苦手っつってんのに、そんな無理やり誘うなよ。それよりメシ食おうぜ」

と、やんわり止めてくれた。助かった。

園内のレストランで軽く食事を取ったあと、つぎは観覧車へと向かう。観覧車のゴンドラは四人乗りだから、ふたりきりじゃなくてみんなで乗るんだよね？

少しだけほっとしてしまう。となりにいる野田くんの話にあいづちを打っていると、

「雄哉、美波、こっち見て」

麻子に呼びかけられて振り返る。麻子はスマホをわたしたちのほうに向けていた。

カシャッ、と、シャッターが切られる音。

「ふたりがあまりにもいい感じだったから、撮っちゃった！」

「ちょ、麻子っ」

「照れない照れない。つぎは四人で撮ろ？」

麻子がにこっと笑うと、森尾くんがさっそく麻子に顔を寄せる。野田くんもふたりのそばに寄って、わたしに手招きした。

空気を壊したくなくて、わたしも輪の中に加わる。

偽物の笑みを浮かべて。

「そろそろおれたちの番じゃね？」

野田くんがつぶやくと、

「じゃーあたしたちはほかのとこ行くから」

いきなり麻子はそう告げて、森尾くんと一緒に列を離れた。

「えっ、なんで」

四人で乗るんじゃないの？

「んじゃ、ふたりで乗りますか」

野田くんがにっと笑う。

あのせまいゴンドラに、ふたりで……？

考える間もなく、わたしたちの順番が来てしまった。係員の人に誘導されるがまま、ゴンドラに乗り込む。観覧車はかなり大きい。ゆっくりと空を横切ってここに帰ってくるまで、いったい何分ぐらいかかるだろう？

向かい合って座る。ゴンドラは動き出す。

どうしよう。野田くんに、自分は野田くんとつきあうつもりはないって、はっきり告げたほうがいいんだろうか。でも、つきあおうとも言われていないのにそんなこと言うのは自意識過剰っていうか、勘ちがいだったら痛々しい。実際、軽くからかわれているだけなのかもしれない。麻子が舞い上がっているだけで、野田くん自身はそうでもないのかも。

でも、あのとき手をつないでこようとしたのは……。

「美波ちゃん」

「は、はい」

うろたえたような声になってしまう。

「美波ちゃんってさあ、いままで彼氏とかいたことある？」

「ない、けど」

「ふーん、やっぱりね。だからシャイっていうか、ピュアなんだ」

「シャイ？　わたしが？」

手を振り払ってしまったことを言っているの？

「おれは中学のころからいままで、告られて何人かとつきあったんだけど、どの子もなんかちがうっつーか」

窓の外を見ていた野田くんは、そこで言葉を区切ると、向き直ってわたしをじっと見つめた。

「美波ちゃんみたいなタイプの子、新鮮だなって」

「あ、そ、そう……なんだ」

どういうリアクションをとればいいか、わからない。戸惑っていると、野田くんはにっと笑った。

「となり、行っていい？」

「えっ」

わたしが固まっていると、野田くんはすっと席を立って、わたしのとなりに座った。ぎし、とゴンドラが揺れる。

低い声でささやくと、野田くんは手を伸ばして、わたしの髪に触れた。

「美波ちゃん」

嘘。なんで触るの？

脳裏に葉月くんの顔がよぎる。嫌だ。わたしは葉月くん以外の男の子になんて、触れられたくない。

わたし……。まさか。

野田くんの指先がわたしの髪を撫でる。すごく手慣れた様子で。

「やめ」

て、と言おうとしたとき、のどの奥がひゅっと鳴った。息が苦しい。空気が……うすい。やめてって言いたいのに、息すらできない。

視界が白くぼやける。

そのつぎの瞬間、わたしの意識は宙に投げ出されて、湖に落とされた。

無数の空気の泡がわたしを包んで、そして……。

わたしはもうひとつの世界に降りた。うす青い、誰もいない——葉月くんとわたし以外には、誰もいない——世界へと。

「観覧、車？」

わたしは観覧車のゴンドラの中にいた。さっきまでとちがって、となりに野田くんはいない。ゴンドラが横切る空はうす青く、地上に近い端のほうだけコーラルオレンジに染まっている。眼下の景色も水草の森のように青みがかっていた。

ゆっくりと息を吸って、吐く。

心の底からほっとした。

ここは、誰もいない遊園地。

わたしは窓の外を眺めた。わたしだけの世界をくるくるまわる観覧車にならば、いつまでも乗っていられる。できれば窓を開けて身を乗り出して、思いっきり黄昏の空気を吸い込みたかった。

葉月くん。葉月くんはどこにいるんだろう。いまは昼間だからきっと出会えない。
もしもいま、このゴンドラに、葉月くんも一緒に乗っていたなら。
きっと、きっと、いつまでもわたしは……。

3

「美波！　美波っ！」

麻子の声で目を覚ましたとき、わたしは遊園地の救護室のような場所にいて、硬いベッドであお向けに寝かされていた。

「ゴンドラの中で、急にがくっとうなだれて……。めちゃくちゃびびった」

野田くんが青ざめた顔で言った。

「スタッフさんたちが、ここに運んでくれたんだよ」

麻子が告げる。

そうか、わたし、あのときいきなり夢に落ちたから。そのまま地上まで、落ちたままだったんだ。

「ごめんなさい。わたし、実は高いところが苦手で。観覧車も、すごく怖くて。それできっと、意識が」

さんざんジェットコースターに乗ったくせに、苦しい言い訳だけど、そう言うしかない。

「坂本さん、とりあえず今日は帰ったら？　親御さんと連絡つく？」

森尾くんに言われて、うなずいた。自分ひとりで電車で帰れるとも思ったけど、少し不安だった。

仕事中のお母さんに連絡したら、迎えに来ると言ってくれて。わたしは三人より先に、ひとり遊園地をあとにした。

車の中で、お母さんに聞かれる。

「大丈夫なの？」

「うん。ゆうべ眠れてなくて」

「やっぱりどこか具合が」

「大丈夫。どこも悪くないから」

硬い声でさえぎる。お母さんは苦笑すると、

「いつメイクなんて覚えたの？」

と、やわらかい声で話題を変えた。

「これは、麻子が」

もごもごと、こたえる。

「あの男の子たちのどっちかが、あんたの彼氏？」

「ちがう。どっちも、ちがう」

ふいに、観覧車で、野田くんに髪を触られたことを思い出した。せっかく落ち着

いたのに、また息が苦しくなって、涙が込み上げてくる。

「……っ」

助手席でうつむいたまま涙を流すわたしを、お母さんはちらと見やって。

「眠れない、って。悩みでも、あるの？」

そっと聞いた。ふるふると、首を横に振る。

悩みがあるから眠れないわけじゃない。逆だ。悩みがあるから、眠ってしまう。

もうひとつの世界を作り出して、逃げるようにそこに飛び込んでしまう。

わたしはあの青い世界に、逃げている。


帰宅して、いつもより早めにごはんを食べて、早めにお風呂に入り、早めにベッドに向かう。まだ夜の九時にもなっていない。

でも、すぐにでも眠れそうだった。寝不足だったのもあるけど、なによりもわたしは、ぐったりと疲れていた。

電気を消そうとしたところで、スマホが鳴った。

麻子からだ。画面をタップして電話に出る。

『もしもし美波？　具合どう？』

「ありがとう。もうだいぶいいよ。明日も学校に行けると思う」

『ならいいけど。雄哉がめっちゃ心配してたよ？』

「ごめんって、謝っといて」

目の前でいきなり意識飛ばしたから、きっとすごくびっくりしたと思う。

『なにそれ。自分で謝りなよ』

麻子はそう言った。でも、手をつながれそうになったり、髪に触れられたりしたことを思い出すと、あまり直接ふたりで話す気にはなれない。

わたしが無言でいると、スマホの向こうで、麻子が軽くため息を吐くのが聞こえた。

しまった。わたし、感じ悪かったかも。迷惑をかけたのはわたしなのに、麻子に代わりに「謝っといて」だなんて。

「麻子、わたしね」

『美波さあ。ぶっちゃけ雄哉のこと、どう思う？』

「え？」

『あたしはね？　相性いいって思うんだよね、美波と雄哉』

「相性……」

自分の声がかすれている。相性、いいの？　わたしと野田くんが？

『なにより雄哉イケメンだし。このあいだも他校の女子に告られてたし。つきあわないともったいないって！』

「待って麻子。つきあうって……」

心臓がどくどく鳴っている。チャンスだ。ここで麻子に、「野田くんとつきあうつもりはない」って、伝えないと。

『っていうかさ。まさか美波、ほかに好きな人でもいるの？』

えっ。

いきなり飛び込んできた麻子の問いに、わたしは固まった。

観覧車の中で、野田くんに触れられたとき。わたしはとっさに葉月くんを想い浮かべた。

もしかしてわたし、葉月くんのことが……。

でも、わたしが知っているのは夢の中の葉月くんだし、現実の彼じゃない。自分で作り出した妄想に自分で恋するなんて、ばかばかしいのを通り越してもはや怖い。

だけど気になるのは事実。

夢に引きずられるように、現実の葉月くんのことも目で追ってしまう。

「実はね、わたし」

思いきって告げてしまおう。きっとそのほうがいい。

「気になる人が、いるんだ」

『え？　まじ？　だれ？』

心臓がどきどきと波打った。こんなこと、はじめて打ち明ける。

「葉月、……くん」

彼の名前を口にした瞬間、ふわっと全身の体温が上がった。

まさかわたし、本当に好きなの……？　夢の中にしかいない人なのに。

『葉月って、葉月旬？　うちのクラスの？』

「う、うん」

『冗談でしょ？　ありえないって。美波さあ、そういう嘘言うのやめなよ？』

「え」

勇気を出して打ち明けたのに、嘘って……。どうして？

『だって葉月だよ？　無口だし、なに考えてるかわかんないじゃん。美波、あいつとしゃべったことないよね？　顔が好みなの？』

「そういうわけじゃ、ない」

『絶対雄哉のほうがいいって。美波と雄哉がうまくいったら、あたしも卓己も嬉しい。今日みたいにまた四人で出かけられるしさ。葉月はちょっとね。ぜんっぜんからめなくて空気凍るわ』

麻子のくぐもった笑い声がスマホ越しに響く。

葉月くんのことをばかにされるたびに、わたしの胸にトゲが刺さる。

『あたしはさ、美波のためを思ってんの。美波っておとなしいから、雄哉みたいなちょい強引な奴に引っ張ってもらうのがいいんだよ』

もう反論する気力も湧かなかった。

美波のため……か。

長い通話が終わると、わたしは倒れ込むようにベッドに横になった。

すぐにわたしは落ちてしまう。一刻も早くあの世界へ行きたいと、わたしは思っていた。麻子の話を聴きながら、そう思っていた。

それじゃなにひとつ解決しないのに。現実はなにも変わらないのに。

このままじゃ、わたし。流されるままに好きでもない人とつきあって、絵を描いていることだってずっと隠し続けて……。

そんなのは、嫌だ。

4. 心の奥でつながっている

1

降り立った場所は学校の中庭。大きな銀杏《いちょう》の木が風に揺れている。

わたしは木の下に座った。

葉月くんに会いたい。

やっぱりわたしは葉月くんのことが好きなんだ。たとえ夢の中でしか会えなくても。

だからわたしは、これ以上流されるわけにはいかない。

でも、どうすればいい？　意を決して麻子に自分の気持ちを告げたのに、否定されてしまった。野田くんとつきあうことがわたしのためだって、麻子は信じ切っている。

葉月なんかありえない、って……。

どうして？　確かにわたしは〝現実の〟葉月くんのことはなにも知らない。でもそれは麻子だって同じ。なんでありえないって言い切れるの？

かかえた膝《ひざ》に顔を埋《うず》めた。ダメだ、わたし。なんであのとき、そんなふうに言い返せなかったんだろう。

かさりと、落ち葉を踏む音がする。

「坂本さん。どうしたの？」

顔を上げた。葉月くんだ。どきっと心臓が波打つ。

「なんかあった？」

「なんか、って？　どうして？」

「泣いてる」

え、とわたしは固まった。指先で目元に触れると、確かに濡れている。

「泣いてないよ。これは、その、あくびが出ちゃったから、それで」

「夢の中であくびすんの？」

葉月くんは首を傾げた。

「わ、わたしはするの！」

ふいっと顔をそらした。麻子との通話を思い出していたら、悔しくて……。葉月くんを悪く言われて、なにも反論できなかった自分のことが。

「話しなよ」

葉月くんはさらっと告げた。

「ここは夢の中なんだから、坂本さんはなんでも言える。そうだろ？」

「………」

葉月くんはわたしのとなりにしゃがんだ。

「友だちに」

わたしの声は小さく、かすれている。

「伝わらない。うまく伝えられない。がんばって伝えても、強く言い返されたら、もうなにも言えなくなる。いままで、ずっとずっと言いたいことを飲み込んできたから」

「コツがある」

「コツ?」

「なにも考えないこと。相手に良く思われようとか、こんな言い方したら嫌な思いさせるんじゃないかとか、絶対に考えないこと」

「無理だよ」

「無理か。でも、案外大丈夫だったりするんだけどな」

葉月くんは、ちらとわたしの目を見た。

「深く考えすぎなんだよ」

「だって」

むっとして葉月くんをにらむ。すると葉月くんはにやっと口の端を上げた。

「おれには言い返せるのにな」

「それは……」

「わかってる。ここは夢の中だからな。それにおれは、坂本さんの友だちでもなんでもない。坂本さんは、おれひとりに嫌われたからって、なにひとつ困らない」

「べつにそういうわけじゃ」

ずきんと、胸が痛んだ。友だちでもなんでもない。確かにその通りだ。わかってるけど……。

「どうせ夢なんだし。現実にはできないこと、したくね？」

葉月くんはいきなり話題を変えた。

「でも、瞬間移動とか、魔法を使うとかは無理なんじゃない？　いくら夢でも」

「そういうんじゃなくってさ」

葉月くんはにっと笑った。

「この世界にはおれたちふたりしかいないんだから、なにしたってとがめられないんだ。どうせだから思いっきり楽しもうって話」

「……まさか、悪いことする気？」

「ちょっとだけ、悪いことかな」

葉月くんは歩き出した。わけもわからずついていくと、駐輪場に着いた。学校には誰もいないはずなのに、たくさんの自転車が停《と》めてある。

葉月くんは自転車を、手前に停めてあるものから順番に、のぞき込んでなにかを見ている。

「なにしてるの？」

「あ。あった。これ、鍵かかってない」

「ええっ」

まさか乗るの？

「ここには持ち主は存在しないんだからかまわないだろ。っていうか、どうせ夢の中なんだし」

「そう、だけど」

「学校の外に行こう、これで。坂本さんはどうする？　おれのうしろに乗る？　それともう一台鍵がかかってないやつ、探す？」

少し迷って、わたしは、

「うしろに乗せて」

と頼んだ。現実だとやっちゃダメなやつだ、ふたり乗りって。でも、実は少し憧れていた。映画やドラマみたいに、制服すがたで好きな男の子の自転車のうしろに乗って、坂道を駆け下りて……。

葉月くんは駐輪場から銀色の自転車を出し、制服の上着を脱《ぬ》いでカゴに入れると、サドルにまたがった。

「じゃ、どうぞ」

「う、うん」

おずおずと、荷台に腰かける。

「遠慮しないで、好きなところにつかまりなよ。じゃないとさすがにあぶないし」

じゃあ、と、わたしは葉月くんの腰に腕をまわしてつかまった。

かあっと顔が熱くなる。

手のひらに、腕に、伝わってくる葉月くんの体温。夢の中にしか存在しない人なのに、どうしてこんなにあたたかいの？

どきどき、してしまう。

「出発」

葉月くんはペダルを踏み込んだ。学校の敷地を自転車は進み、正門から出て、桜並木の通りへ。

ふたり乗りしているし、てっきり坂道をくだっていくのかと思っていたけど、葉月くんはのぼりはじめた。

「えっ？　どこ行くの？　重くない？」

「そんな急な坂じゃないから大丈夫だよ。おれ中学は陸上部だったから、こう見えて体力あるし」

　葉月くんがペダルをこぐたびに、背中が上下に揺れる。意外と広いんだな、と思った。葉月くんの背中……。少しなで肩だけど、わたしより大きくて、ごつごつしてて。茶色がかった髪も、わたしのすぐそばにある。

　胸がとくとくと鳴り続けていた。葉月くんに触れて、つかまっているのに、観覧車で野田くんに髪を撫でられたときみたいな嫌悪感《けんおかん》はかけらもなくって。

　それどころか、わたし……。

「そろそろギブ」

　葉月くんが自転車を止めた。わたしは自転車のうしろから降りた。葉月くんも降りて、自転車を押していく。

「学校より先にのぼったことないんだけど、なにがあるの？　あんまり家とかないよね？」

　まだどきどきし続けている心臓の音をごまかすみたいに、わたしは聞いた。

　うちの学校は山の中腹にある。坂道の両脇に桜の木が植えられているのは学校までで、その先は桜の木はなくなり、道もだんだん細くなり、家も少なくなっていく。

「墓地と、自然公園がある。その手前に小さな神社があるよ」

　葉月くんはそう答えて、自転車を押す手を止めた。

「ここ」

「ほんとだ」

道の脇に小さな鳥居があり、石段が続いている。鳥居のそばに自転車を停めると、葉月くんはわたしに「こっち」と手招きした。

古びた石段をのぼっていく。重なりあう常緑樹の葉っぱのすきまから、やわらかくてうす青い光がこぼれ出ていた。

「甘い……」

空気が濃くて、甘い。いつもこの世界に満ちている、キンモクセイの香り。いままでで一番濃密で、胸が苦しくなるほど甘い。

石段をのぼりきると、小さなお社《やしろ》のある敷地に出た。

風が吹く。とたんに、ふわあっと、甘い香りがわたしたちを包んだ。

「すごい。これ、キンモクセイの木？」

お社のすぐ近くに、大きな大きな木があって、枝という枝に、オレンジ色の小さな花をびっしりと咲かせている。

「キンモクセイの木って、こんなに大きいの、あるんだ」

見上げると首が痛くなるぐらい。

「すごいだろ？　学校にキンモクセイの木なんてないのに、なんでこんなに甘い匂いがするんだろうって、不思議だったんだ。この匂いはどこから流れてきてるんだろうって、ひとりで探検したんだよ」

葉月くんは少し得意げだ。

「探検って」

わたしはくすくす笑った。

「いつ探検したの？　休日？　まさか放課後？」

「この世界に来るようになって、しばらくしてから」

「えっ」

呼吸が止まりそうになる。この世界に来た？　葉月くん、も？

「不思議だよな。現実の学校にいるときも、たまーにキンモクセイの匂い、することがあるけど。ここほど濃くないもんな。空気の流れ方がちがうのかな」

現実の学校？　って言った？　いま。

「現実世界にも、この木、あるのかな。あっちではおれ、探してないんだけど」

まさか。まさか葉月くんも毎晩、この夢の世界に落ちてきている……？

「あ。ごめん。坂本さんにはなんのことかわかんねーよな。さっきの、忘れて」

無言になってしまったわたしに、葉月くんはあわてて取り繕《つくろ》うようにそう言った。

「あ。あ……、うん」

わたし、もしかしたら無意識に願ってしまっていたのかも。この世界の葉月くんと、現実世界の葉月くんが、同じ人でありますように、って。だから彼に、こんな意味深なせりふを言わせてしまったのかも。

ばかだな、わたし。

葉月くんは、キンモクセイの木にそっと触れた。

「なにしてるの？」

にっと笑うと、葉月くんは、どんっ、と、思いっきり幹《みき》を揺らした！

衝撃で、オレンジ色の小花が、ひらひらとたくさん舞い落ちる。

「わあっ」

あまりにたくさんの花が降ってきて、口の中に入りそうになる。甘い香りで窒息してしまいそう！

「坂本さん、めっちゃ花まみれになってる。やばっ」

葉月くんはお腹をかかえてけらけら笑った。

「もうっ！　なんでいきなりこんなことするの！　小学生なの⁉」

ぶるぶると頭を振って、浴びた小花を振り落とす。

「犬みてえ」

さらに葉月くんは笑う。夢の中の葉月くんはやたらと笑う。わたしは葉月くんを軽くにらんだ。

「自分こそ。からだ中に花、張りついてるよ」

「うわ。ほんとだ」

葉月くんは自分の腕についた花を振り払うと、さらにエンジンがかかったように笑った。

「なにがそんなにおかしいのか、ぜんっぜん意味わかんない」

でも。葉月くんがあまりに無邪気に笑うから。わたしもつられて、なんだかおかしくなってきてしまって……。

つい、ぷっ、と吹き出してしまった。

「……やっと笑ったな」

葉月くんは、ふっ、と、やわらかい笑みを浮かべた。

「あっ……」

もしかして、わたしが泣いてたから、ここまで連れ出してくれたの？　まさかね。

「学校でもそんなふうに笑えばいいのに」

どきっとした。

「いつもふつうに笑ってるよ、わたし」

「そうか？　おれにはそんなふうに見えないけど」

「失礼だよ。わたし、ちゃんと笑ってるから。っていうか、自分こそ」

作り笑いを見透かされていることが悔しくて、葉月くんに矛先《ほこさき》を向ける。

「しゃべる友だちもいないのに、ひとりでこんなふうに笑ってたら怖いだろ、さすがに」

冗談めかしてつぶやくと、葉月くんはいきなり、木の下にあお向けに転がった。

「えっ」

「めっちゃきれい。空」

葉月くんは目を細める。

「坂本さんも寝っ転がってみなよ。どうせ夢の中なんだし、制服汚れたっていいだろ」

「…………」

「どうせ夢の中」。まるで魔法の言葉だ。現実じゃないと思うと、「まあいっか」と気持ちが大きくなる。

わたしは葉月くんのとなりにしゃがむと、そのままあお向けに寝そべった。

「あ、まぶしい」

キンモクセイの枝が空に広がって、すきまから光がこぼれ出ている。オレンジ色の小さな花たちがきらきら光って見える。

「星みたいだな。たくさんの星が枝にとまってるみたいだ……」

葉月くんのつぶやきが聞こえる。

はっとして横を向くと、葉月くんはいきなり真っ赤になった。

「聞こえてた？」

「うん」

「うわ。おれ、恥ず……」

「そんな恥ずかしいこと言ってたっけ」

「恥ずかしすぎるだろ。花が星みたいとか、めちゃくちゃ少女趣味っつーか」

葉月くんは耳たぶの先まで赤くなっている。

「どうして？　ロマンチックで素敵だと思う」

「やめろよ。ロマンチックとか言うなよ……」

葉月くんはごろっとからだの向きを変えてわたしに背を向けた。

「ねえ、わたしも思ったよ、星みたいだって」

恥ずかしそうに丸まった背中に話しかける。どうしてだろう。夢の中の葉月くんには、なんだって言える。

「わたし、描きたくなった。たくさんの星が宿る大きな木の、絵が」

あお向けになって木を見上げたとき、イメージが降ってきたんだ。目が覚めたら描きたい。描きたくてうずうずする。

「坂本さんって、絵を描く人なの？」

わたしに背を向けたまま、ぽつりと、葉月くんが聞いた。

しまった。絵を描いていることは、誰にも告げていないのに。わたしだけの秘密だったのに。

でも、いいや。「どうせここは夢の中」なんだし。

「そうだよ」

思いきって告げた。告げた瞬間、胸の中が……すっとした。

そうだよ。わたしは、絵を描いている。わたしは絵が好き。

葉月くんはごろりと寝返りを打つと、ふたたびわたしに向き合った。水晶玉みたいな透き通った瞳が、わたしの瞳をとらえる。

「見たいな。坂本さんが描いた絵」

「えっ……」

「見たい」

「それは……。無理」

「どうして？」

「下手だから」

即答した。

昔、麻子に言われた言葉がよみがえる。

――調子乗ってる。美波の絵、ださい。ぜんぜんうまくない。

――パクリ。劣化コピー。

ぎゅっと、胸の奥が絞られる。

「なんでそんなふうに言いきれるんだよ？　自分の絵だろ？　かわいそうだろ、作者にまで卑下《ひげ》されたら」

「下手なものは下手なの！」

むきになってしまう。

「…………」

葉月くんは、じっと、わたしの目を見ている。落ち着かない。胸の奥がざわざわする。この澄んだ目で見つめられると。

思わずそらしたわたしに、

「もしかして、誰かに言われたことがあんの？」

ぼそっと、葉月くんは告げた。どきんと心臓が音を立てる。

「なん、で」

そんなに鋭いの？

「なんとなく」

葉月くんの声が低く沈んでいる。

「おれも……。似たようなこと、あったから」

「え？」

「そろそろ行こう」

葉月くんはがばっと身を起こした。

「今度は街に行こうか。坂道をくだって、誰もいない街に」

明るく笑っていたけど、その笑顔は、なんだか作りものめいていた。

「ねえ、さっきの話」

「行こう」

「……うん」

石段を下りる。葉月くんの自転車に乗って、坂道をくだっていく。

さっき、明らかにはぐらかされた。似たようなことってなに？

葉月くん、そういえば言っていた。昔は本なんて読むようなキャラじゃなかった、って。なにか関係あるの？

かわいそうだろ、作者にまで卑下されたら。……か。

否定されたくない。でも……。

葉月くんがわたしの絵を見て、どんなことを感じるか。少しだけ、知りたい。

キンモクセイの花を星みたいだと言って照れていた、この世界の葉月くんにならも見せてもいいかも……。

でも。葉月くんにまでがっかりされたら。わたし、もう二度と絵筆を握れないかもしれない。

風を受けてなびいている、葉月くんの茶色がかった髪。星くずのような花が、まだくっついている。

「不思議だな。この世界って、なんなんだろうな。この世界にいる坂本さんって、おれにとってなんなんだろう」

流れる風の音にまぎれて、葉月くんのつぶやきが聞こえる。

それはわたしのせりふだよ、と思った。この世界にいる葉月くんって、わたしにとってなんなんだろう。

学校を通り過ぎて、さらに自転車はスピードに乗る。

突然、目の前の景色がまばゆく光りはじめた。白い光。わたしたちの自転車は、光の中に飛び込むように突き進んでいく……。


目が覚めた。

朝が来たんだ。

2

白い光は朝の太陽の光だった。

さっきまで触れていた葉月くんの肩。そのぬくもりが、まだ手のひらに残っている。

できることなら、目覚めたくなかった。

ずっとずっと永遠に、ふたりだけの世界で過ごしていたい。たったひとりだから楽に呼吸ができた、青い世界。でもいまは、葉月くんがいる。

自転車に乗せてくれて、大きなキンモクセイの木を教えてくれて……。

ため息がこぼれ出る。

たとえ仲良くなっても、葉月くんにだけは、自分の心のうちを告げられても。

わたしの好きな葉月くんは、わたしが作り出したまぼろし。夢の中でしか、会えないんだ……。

学校ではまた麻子に、野田くんとのことをいろいろ言われるかもしれないと思って身構えていたけど、麻子は欠席だった。遊園地で体調をくずしたのはわたしなのに、麻子も疲れていたのかも。

心配するべきなのに、ほっとしてしまった自分がいて。自己嫌悪でため息を吐いた。

離れる勇気もないくせに。

だけど麻子は昨日のうちに遊園地で撮った写真をSNSにアップしていて。由紀ちゃんと奈緒ちゃんから、散々「めちゃくちゃいい感じじゃん」「もう告られた?」って言われた。

「そんなんじゃないから」とごまかし続けて、もう昼休み。

これ以上野田くんとのことを聞かれるのが嫌で、「探したい本があるから」と、わたしは図書室へ逃げた。

図書室では生徒たちがめいめいに、テーブルで読書したり、調べ物をしたりしている。当然だけど静かで、みんな自分の世界に入っていて、わたしのことなんて気にもとめていなくて。

それがなんだか心地いい。

「ひとりは楽だよ」という、いつかの葉月くんの言葉がよみがえる。

そういえば、夢の中で、葉月くんが教室で読んでいる本のタイトルを教えてくれた。

確か……『十月はたそがれの国』。

せっかく図書室に来たんだし、探してみようかな。現実にあるはずはないと思うけど。

海外の作家さんの本だと、葉月くんは言っていた。「海外文学」の書棚を端から探していく。すると。

「嘘……」

あった。『十月はたそがれの国』と書かれた背表紙が。

「ほんとにあるんだ……」

もしかして有名な本なの？　普段、本なんてぜんぜん読まないからわからない。

存在すら知らない本のタイトルが、唐突に夢の中に出てくるなんて変じゃない？

だって、夢って、自分の心が作り出したものなのに。

もしかして。

もしかして、葉月くんもわたしと同じように、あの夢の世界に落ちてきている？

そういえば夢の中で、気になることを言っていた。この世界に来た、とか、現実世界にもこの木はあるのかな、とか。

いやいやでも、まさか。そんなことありえない。

本を引き抜こうと、手を伸ばす。自分の指先がふるえている。

そのとき。背後に誰かが来たのが、気配でわかった。

振り返ると、

「……葉月くん」

葉月くんが、瞳を大きく見開いて、わたしが取ろうとしていた本の背表紙を見ている。

「この本、……借りたいの？」

自分の声がふるえている。葉月くんはゆっくりとかぶりを振ると、なにか言いたそうにくちびるを動かした。

でも、なにも聞こえない。

もどかしそうに自分の後頭部をわしっとかき混ぜると、葉月くんはわたしに背を向けて、去ってしまった。

心臓がどきどきしている。

葉月くんは、どうしてあんなに驚いていたの？

いったい、なにを言おうとしていたの？

五時間目は、先生に急用ができたとかで、自習になった。

机に突っ伏して眠っている人もいれば、堂々と漫画を机から出して読んでいる人もいるし、こっそりスマホでゲームをしている人もいる。近くの席の人としゃべっている人もいて、教室はすぐに騒がしくなった。

わたしは、机の中から本を取り出した。

『十月はたそがれの国』。図書室で借りた。

どきどきしていた。これは夢の中の葉月くんが読んでいる本で、現実の彼とは関わりがない。わかっているけど、どうしても、昼休みの葉月くんのリアクションが気になって。

そっと、本のページをめくる。

すると、いきなり教室の扉が開いた。

数学の内田先生だ！　となりのクラスで授業をしていたんだ。みんなあわててスマホを仕舞う。

「うるさいぞ！　静かにしろっ！」

わたしも急いで本を閉じ、机の中に仕舞おうとした。けど、手が滑って取り落としてしまった。

いけない。図書室の本なのに、曲がったり汚れたりしてしまったら大変。急いで拾おうとしたけど、

「ちゃんと自習をしろ！　わかったな」

先生の高圧的な声が飛んできて、わたしは一瞬、手を引っ込めた。先生が出ていって、ふたたび本に手を伸ばそうとしたら。

べつの手が、すでに本を拾っていた。

どきんと、心臓が大きな音を立てる。……葉月くんだ。

葉月くんは、まっすぐにわたしを見ている。目が合うと、葉月くんは、拾った本をわたしに手渡した。

「あ、ありがとう……」

どきどきと心臓は鳴り続けている。

葉月くんは無言のまま、自分の机を指先でとんとんと叩いた。

「?」

葉月くんの机の上にはカバーのかかった文庫本が置いてある。葉月くんは息をゆっくりと吸い込むと、意を決したように、カバーをそっとはずした。

「あっ……」

葉月くんの文庫本のタイトル。『十月はたそがれの国』。

同じ、だ。

わたしが図書室で借りた本と。葉月くんが夢の中で教えてくれたタイトルと。

こんな偶然、ある?

いったい、どういう……こと？

やっぱり現実世界の、本物の葉月くんが、わたしの夢の世界に現れているの？

それに、葉月くん、文庫本のカバー、わたしに見せるためにわざとはずして見せたんだよね？　図書室でも、すごく驚いていたし。

夢の中での会話が、本物だったってこと？

そういえば最初に夢の中で会ったとき、葉月くん、「どうしてここに、おれ以外の人間がいるんだ？」って言っていた。あのときは、それはわたしのせりふだと言い返したくなったけど……。

わたしと葉月くんは、同じ夢を見ている？　同じ世界を、共有しているの？　いままでおたがい、あの青い世界をひとりでさまよっていたけど、あのときはじめて出会ってしまった、ってこと？

そう考えると、すべてがしっくりくる。

でも。そんなことって……ありえる？

となりの席の葉月くんも、青ざめた顔して、放心しているように見える。

信じられない。


ずっと夢のことを考えているうちに、放課後になった。

まっすぐ家に帰る気になれなくて、生物準備室へ向かった。扉をノックすると、すぐに、「はい」と低い声が返ってくる。

ドアを開けると、佐久間先生がデスクで提出物のチェックをしていた。

わたしはスチール椅子を水槽の前に引き寄せて、座った。

「あれ？　なにか変わりました？」

「坂本はすごいな。おととい水替えしたんだよ、生徒に手伝ってもらって。見た目はなにも変わってないと思うんだけど」

佐久間先生がこたえた。

「そうなんですか？　すみません、知ってたらわたしも手伝ったのに。生物部のみんなで作業したんですよね？」

「いやいや」

先生は苦笑した。

「部員は誰も来なかったよ。来たのは、一年生ひとり。坂本と同じクラスの」

わたしと同じクラスの生徒？　まさか……葉月くん？

「あの。その人、よくここに来るんですか？」

「ああ。来るよ」

葉月くんかもしれない。もしそうだったら、夢の中の彼のせりふが、またひとつ、現実とかみ合ってしまう。

「水替えって大変ですか？」

わたしは話を変えた。急に、怖くなってしまったのだ。

佐久間先生は立ち上がると、水槽のそばまで歩み寄った。

「慣れればそこまで大変じゃない。水槽の水、一度に全部入れ替えるわけじゃないんだ。魚たちは水質の変化に敏感だ。いきなり全部入れ替えたら、最悪、全滅だ」

「繊細、なんですね」

「環境がちゃんと安定していれば、いつまでもこの美しい世界は続く。でも、少しでもバランスが狂うと……」

わたしは水槽の中の魚たちを見つめた。

アクアリウム。奇跡的なバランスの中で成り立っている美しい世界。

「似ている、なあ」

思わず、つぶやいていた。

「似てる？　なにに？」

先生が問いかけるけど、うまくこたえることができない。

わたしの夢の世界が、このアクアリウムに似ているんだ。わたしの「心」は、あの世界を、このアクアリウムをモデルにして作り上げたんだろうか？

そして、もしかしたら葉月くんも。

「あの。先生。たとえば、なんですけど」

あまりに現実離れした、ばかばかしい問いだけど。佐久間先生なら笑わずに、一緒に考えてくれるような気がした。

「同じ夢を、ふたりの人間が同時に見ることって、ありえると思いますか？」

「同時に見る？」

「夢っていうより……。眠ったら行けるもうひとつの世界があって、ふたりでその世界を共有しているっていうか」

言葉にしたらあまりにも荒唐無稽《こうとうむけい》で、しゃべりながら恥ずかしくなってしまった。

「すみません変なこと言って」

「いや。面白いと思う」

意外にも、先生はまじめな顔をしている。

「たとえば……。心が、この水槽だとするだろ」

先生は水槽の中に、デスクの上にあった、小さな発泡《はっぽう》スチロールのトレイを浮かべた。

「心がこの水槽なら、こうやって起きて考えたり話したりしている、自分で把握できる自分の『心』は、このトレイのようなものだ」

「え……？」

「自分ではわからないけど、トレイの下にも、実は豊かな水の世界が広がっている。これは水槽だから限りがあるけど、実際の人間の心は、どこまで深いのかもわからない。謎なんだよ」

「はい……」

わたしは曖昧にうなずいた。

「眠ったときに見る『夢』は、この、トレイの下の水の世界――無意識って呼ばれるんだけど――が見せている。という説もある」

わたしは水槽を見つめた。

「坂本の言う、その『眠ったら行けるもうひとつの世界』がなにを表しているのかはわからないが、自分でも把握できない、心のすごく深いところで、ほかの誰かの『心』とつながる可能性は、なくもない。と、個人的には思う」

自分でも把握できない、心のすごく深いところ。

わたしの、夢の世界。葉月くんの、夢の世界。ふたつは重なっている。

わたしたちは毎晩、同じ世界に落ちている。

そうなのかもしれない。でも、それを確かめるすべは、あるんだろうか？

目の前に広がる、水の中の静かな世界。なにも心を乱すものはない、平和な世界。

――見たいな。坂本さんが描いた絵。

ゆうべの葉月くんの言葉が、よみがえる。

わたしは立ち上がった。

「坂本？」

「先生、ありがとうございました。わたし、確かめてみます」


夜が来た。ベッドに横たわり、布団をかぶる。すぐにあの世界へと、落ちていく。

わたしは教室にいた。誰もいない教室。うす青い空気に満ちている。

自分の席に座って、ゆっくりと息を吸って、吐いて。呼吸を整える。

やがて、がらりと扉が開いて、葉月くんが入ってきた。

「坂本さん」

「葉月くん」

「あの本、だけど」

わたしはうなずいた。

「この世界は、わたしが見ている、わたしだけの夢の世界だと思ってた。いまこうして話している葉月くんは、現実の葉月くんとはちがう、わたしの心が作り出したまぼろしなんだって思ってた。でも」

そこで言葉を切った。一瞬、息苦しいほどの沈黙が降りる。

「おれもそう思ってた。この世界の坂本さんは、おれが作り出したイメージにすぎないんだ、って」

葉月くんは、ひとことひとこと、ゆっくりとかみしめるように、そう告げた。

「確かめたいの。きちんと。現実世界、でも」

わたしは、まっすぐに葉月くんの瞳を見つめた。

「明日。放課後、生物準備室に来て。きれいなアクアリウムがある、あの部屋に」

ごくりと、自分がつばを飲み込む音がする。

「葉月くんに、見せたいものがあるの」

3

つぎの日。わたしは朝からずっと落ち着かず、そわそわしていた。となりの席が気になって、ちらちら見てしまう。

時々、葉月くんと目が合った。思いきって話しかけようかと思ったけど、あまりに突拍子もない話だし、こんなにがやがやした教室で、うまく説明できる自信もないし、やっぱり夢の中での約束通り、放課後まで待つことにした。

平静に、冷静に。

心の中で唱え続ける。

わたしは昨日、いままで描いた夢の世界の絵をスマホで撮った。何枚もある。最新作は、あの、キンモクセイを描いた絵だ。

その画像を葉月くんに見せるつもり。

わたしたちがあの世界を共有してることを確かめるには、こうするしかない。

でも。……葉月くんは、わたしの絵を見て、どう思うだろう……？

──美波の絵、ださい。劣化コピー。

ぶんぶんと、首を横に振る。思い出したくない。

小学生のころのわたしは、得意になって人前で絵を描きまくっていた。でも中学で悪口を言われて、そのことが急に恥ずかしくなった。麻子だけじゃなくって、本当はみんな、わたしの絵を下手だと、ださいと笑っていたんじゃないかって。怖くて。あのとき、もう二度と誰にもわたしの絵を見せないと心に決めた。だけど……。

じりじりと時間の進みは遅く、やっと放課後になった。このときを待ち望んでいたのか、放課後になんてならなければいいと思っていたのか、もはやわからない。

怖いけど、知りたい。確かめたいけど、怖い。

部活へ向かう麻子たちに手を振って、わたしは生物準備室へ向かった。

ドアをノックする。返事はない。

「失礼します……」

そっとドアを開ける。誰もいない。あたりには水槽のモーターの音だけが響いていた。

青い光に照らされたガラスの水槽に、そっと手のひらを当てる。

水槽の中は今日も静かで、美しくて。教室とはまるで別世界。

じりじりと時間は過ぎる。誰も来ない。教室を出るとき、わたしは葉月くんのほうをあえて見なかった。だから葉月くんがいつ教室を出て、どこに向かったかなんてわからない。

「やっぱり気のせいか」

小さくつぶやく。

当たり前だ。ありえない。ふたりで同じ夢の世界を共有しているだなんて。本のタイトルのことだって、覚えていなかっただけで、どこかで目にしていたのかもしれない。きっと偶然だ。

そう思ったとたん、ふっと、からだの力が抜けた。葉月くんは来ない。ということは、わたしは自分の絵を、誰にも見せる必要がなくなったということ。

ほっとしたような、……少しだけ、淋《さび》しいような。

水槽の魚たちに「ばいばい」と告げる。生物準備室を出ようとドアに手をかけた、まさにそのとき。

わたしが引いてもいないのに、ドアが勝手に動いて、開いた。

「あっ」

息が止まりそうになる。

ドアを開けたのは葉月くんだった。

どうしよう。本当に来るなんて。

「あ、あの」

なにから話しはじめればいい？　頭の中でいままでの夢のことがぐるぐるまわる。口の中は乾いてからからだ。

「あのっ。……これっ」

わたしはポケットからスマホを取り出した。でも、すぐに手からスマホがすべり落ちてしまう。

ああもう、なにしてるの、わたし！　あわててスマホを拾う。

葉月くんは戸惑っている。

スマホの画面をスクロールして、画像のフォルダを開く。キンモクセイの絵の画像をタップする。

「見て！」

スマホを葉月くんの目の前につきつけた。半分やけくそだった。誰にも見せたことのない、わたしの、水彩画。

葉月くんは、目を見張っている。

「知ってるでしょ？　ここ。この木のことも、知ってるでしょ？」

心臓がかつてないほどどきどきしている。

「葉月くん。毎晩、この世界に……、来てるよね？」

自分の声がかすれている。

息が止まるような、沈黙のあと。

葉月くんは、ゆっくりとうなずいた。

そして、自分の学ランの胸ポケットからペンと小さな手帳を取り出すと、なにかをさらさらと書きつけた。

メモをわたしに渡してくれるその手が、わずかにふるえている。

『坂本さんは、どうして毎晩おれの夢に出てくるんだ?』

メモには、そう書かれていた。

「わたしが葉月くんの夢に出てくるの? ちがうよ。葉月くんがわたしの夢に出てくるんだよ」

葉月くんはわたしからメモをうばって、ふたたびさっとなにか書きつけて、わたしに見せた。

『ちがう』

「ちがわないよ。……っていうか……」

こんなメモを使って言葉を伝えてくるなんて。葉月くんは。

「声が出ないって、本当だったんだね」

葉月くんは、深く、ゆっくりと息を吐いた。

そして、自分の鞄をスチール机に置くと、中からノートを取り出して広げた。

そっと寄ると、葉月くんは真剣な目をして、時々考え込みながら、ノートに文字を書きつけている。

「読んでもいい？」

葉月くんはうなずいて、わたしにノートを手渡した。

『どうやらおれたちは、同じ夢の世界に、毎晩落ちているみたいだ。どういうからくりでそんなことになっているのかはわからないけど』

そこで一行ぶん、空白があって。ふたたび文章は続く。

『坂本さんにはいろいろなことを話しすぎた。自分のことも軽率に打ち明けてしまった。どうせ夢だと思っていたから。どうしていつも坂本さんだけがおれの夢に出てくるのかわからなかったけど、まさか本物の坂本さんだとは思わなかったんだ。だから』

そこで文章は途切れている。

本当は、自分の声が出ないことを、知られたくなかったたっていうこと？

夢の中のわたしが、現実のわたしとは別人だって思ってたから。だから葉月くんは……。

きゅっと、胸の奥が痛む。

そっとノートを返すと、葉月くんは少したためらうようにペンをさまよわせて、そして、ふたたびなにかを書きつけた。

さっきの文章の続き？

ノートを見た瞬間、かあっと顔が熱くなった。だって、そこには。

『坂本さんの絵、すごくいい。おれは好きだ』

と、あったから。

「あっ！　あのっ！　ちがうの！」

わたしはとっさに否定していた。

「あれはわたしの絵じゃなくって、その、ネットで検索して、夢の中のキンモクセイの木にそっくりな絵を見つけたから、それで」

葉月くんはわずかに首を傾けた。ますますわたしの顔は熱くなる。

「わたしが描いてる絵はね、もっと、かんたんなイラストみたいなものだから、こういう……水彩みたいなのとは、ちがうの」

いいと言ってくれたのに。好きだと言ってくれたのに。そのまま受け取って、「ありがとう」なんて言えなかった。

だって、本心じゃないかもしれない。わたしに気を遣っただけかもしれない。本当は心の中で、真逆のことを思ったかもしれない。だから……。

葉月くんの視線が、まっすぐにわたしに刺さる。見つめ返すと、葉月くんのくちびるが、ゆっくりと動いた。

な、ん、で。

なんで、って言ってる。だけど声は聞こえない。くちびるがただ動いているだけで。

「なんで。それから、……なに？」

そっと聞き返すと、葉月くんはゆっくりと首を横に振った。

「あれ？　ふたりともなにしてるんだ？」

のんきな声が背後で響いた。ふたりしてはっと振り返ると、佐久間先生だ。

「知らなかったな。葉月と坂本、仲良かったのか」

「えっと」

仲が良い、と言えるの？

確かにわたしたちはいろんな話をしてきたけど、それは全部夢の中の話で。でも、その夢に出てくるおたがいの存在が、実はまぼろしじゃなかったとわかったばかりで。ややこしすぎて頭がくらくらする。

「すみません、もう帰ります」

自分の荷物を持って、葉月くんの横をすり抜けた。生物準備室を出ると、はしっと、うしろから腕をつかまれた。

葉月くんだ。

「なに？」

と聞くと、葉月くんは、わたしにメモを渡して、そのまま早足で去っていった。

そっとメモを見ると、そこには、彼のメッセージアプリのＩＤが書かれていた。

帰宅すると、すぐに葉月くんにメッセージを送った。わざわざ書いて寄こしてくれるってことは、わたしとやりとりしてもいいって思ってるってことだよね？

いても立ってもいられなかった。

今夜夢の世界に落ちればきっと、直接言葉をかわすことはできるけど……。夜まで待てない。こんな不思議なことが起こっているのに、なにも話さずにじっとしていることなんてできない。


——葉月くんは、よく生物準備室に行くの？

——時々行く。あの水槽を見ると落ち着くから。坂本さんは？

——わたしも同じ。

——あの夢の世界、アクアリウムに似てないか？　やたら青くて、静かで。

——わたしもそう思ってた。水の中にいるみたいだなって。

そうか。アクアリウム……。わたしは生物準備室に行くようになってから、アクアリウムの絵をよく描いていた。心の奥の、もっともっと奥。自分でもわからない、手を伸ばせないほど深い場所に、わたしは、あの夢の世界を作り上げていたのかも。アクアリウム水槽のような、静かで心落ち着く世界を。

もしかして、葉月くんもそうなの？

——葉月くんは、いつからあの夢を見るようになったの？

——二学期になってから。生物準備室に通って、アクアリウムに興味を持つようになってからだな。

——わたしも。二学期から、あの夢を見るようになった。重なってるね、おたがいに。あの世界に行くようになったタイミングが。

やっぱりそうだ。

——葉月くんは、夜寝ているときだけ？　あの世界に行くのは。

——そうだけど、なんで？

そうか、やっぱり。わたしはため息を吐いた。

わたしとちがって葉月くんには〝発作〟は来ない。
あの世界に〝逃げて〟いるのは、きっとわたしだけなんだ。

――坂本さんは、アクアリウムの絵は描かないの?

いきなり聞かれて、どきっとした。
なんでこの流れで、絵の話……。

――描かないよ。

返信は来ない。
わたしは指をスライドさせて、するすると文字を打ち込んだ。

――夢の中で、絵を描いてるって話したけど、忘れて。気晴らしに、簡単なイラストを描くことはあるけど、がっつり描いてるわけじゃないんだ。どうして夢の中で自分があんなことを言っちゃったのか不思議。

打ち込んだけど、送るか、迷った。

あのとき、「坂本さんの絵が見たい」と言ってくれたから、わたしは自分の絵を使って、夢の世界のことを確かめることを思いついた。それしか方法がないと思っていたし。

わたしは自分の絵を見せた。

おれは好きだ、と言ってくれた。

……なのに。

わたしはやっぱり、臆病《おくびょう》だ。

指を動かす。長いメッセージを送信する。


やっぱり返信はなかった。

そして。その日の夜。わたしは、あの夢を見なかった。

いつの間にか眠りに落ちて、気づいたら、もう朝だったんだ。

5.話の続きは、放課後に

1

こんなことははじめてだ。あの夢の世界に落ちるようになってから、夜〝ふつうに〟眠れたことなんてなかった。

目が覚めたとき、わたしはスマホを握りしめていた。まだアラームが鳴る前だった。葉月くんからの返信を待って、待って……、そのまま寝落ちしてたんだ。

夢の世界に行けば、葉月くんと直接話せると思っていたのに。

直接話す？

はっとした。きっと葉月くんは追及してくるよね、絵のこと。

そうしたら、わたしはまた、嘘を吐くの……？

その日の朝。葉月くんは遅刻ぎりぎりで登校してきた。……めずらしい。

夢の世界で会えなかったことも、メッセージに返信がなかったことも、わたしはずっと気になっていた。

『放課後に、また生物準備室に来てください』

自分のノートのはしっこを切って、書きつける。

葉月くんの席にメモを渡すタイミングを見計らっていると、入口のドアが開いた。先生だ。いつもよりもずいぶん早く教室に来たけど、なにかあるんだろうか？

簡単な出欠確認のあと、先生は、

「いまから席替えをする。くじを用意したから出席番号順に引きに来るように」

唐突に告げた。

えーっ、と教室が沸く。そういえば一学期も、席替えはなんの前触れもなくいきなりだった。そういうやり方の先生なんだ。今日は一時間目が先生の授業だから、ずれ込んでもかまわないわけだし。

先生が、番号の書かれた席次表を黒板に貼った。みんな、さくさくとくじを引いて、自分の番号の場所に机を移動しはじめる。

メモを渡せないまま、わたしは葉月くんと離れてしまった。

わたしは一番廊下側の列、葉月くんは一番窓際の列に。わたしのほうがうしろの位置にいるから、彼のすがたは視界に入る。入るけど、遠い……。

代わりに近くの席になったのは麻子だ。麻子はわたしの真うしろの席。麻子はわたしの背中をちょんとつつくと、「よろしくね」と笑った。

「近くになれてラッキー。なんか運命感じるよね。ね、美波」

「うん」

にっこりと笑みを浮かべた。

ラッキー。運命感じる。それって麻子の本心?

胸に広がった靄《もや》が晴れない。最近、絵のことで昔のことをしょっちゅう思い出してしまうせいだ。こんな考えがよぎるのは。

「麻子ー、美波ー。つぎ音楽室だよー? そろそろ行かなきゃ」

二時間目の前の、休み時間。由紀ちゃんたちが教室の入口でわたしたちを呼ぶ。

「そうだった! 美波、行こっ」

「うん」

ふたりして立ち上がる。由紀ちゃんと奈緒ちゃんと連れ立って、四人で音楽室へ向かう。音楽室や美術室、調理室や被服室など実技系の科目の教室は、校舎別館にあった。一階まで降り、渡り廊下を渡って別館へ行く。

その途中で、ロビーを通る。

昨日まではなかった、大きな油絵が飾られていた。中庭の銀杏の木を描いた、あざやかな黄色が印象的な絵。構図は大胆で独創的なのに、色遣いは繊細できらめいていて。

すごい。こんな絵、わたしには描けない……。

思わず足を止めると、麻子が、

「すごっ。この絵、県展で佳作だって」

華やいだ声をあげた。

絵の下に、学年と名前が記してある。わたしと同じ、一年生の女子。

「あー、この子知ってる。美術部の子。同じ中学だったけど、昔からいっぱい賞もらってよく表彰されてたよ」

由紀ちゃんが言うと、奈緒ちゃんもうなずいた。

「めっちゃうまいもんね。あたしたちふつーの高校生とは、レベチ」

わたしはなにも言えなかった。本当にうまいって、才能があるって、こういう絵を描く人のことを言うんだ。わたしのおままごとみたいな水彩画なんて、足元にも及ばない。

やっぱり葉月くんに、あれがわたしの絵だって言わなくて、よかった。

「でもさあ」

いきなり麻子がわたしの腕をつんとつついた。麻子はいたずらっぽい笑みを浮かべて、上目遣いでわたしの顔をのぞき込んでいる。

「美波だってめちゃくちゃうまかったじゃん」

「え?」

なになにー!? と、由紀ちゃんたちが色めきだった。

「美波、昔から、すっごい絵がうまかったんだよ。小学生のころ、あたし、宿題の絵を代わりに仕上げてもらったことあるんだよね。美波が塗ったとこだけリアルで、ばれるじゃんってひやひやした」

「なにそれ麻子、ずるっ」

「っていうか美波、そんなうまかったの？　美術部入ればーっ？」

「え、……えっと」

なに言ってるの？　麻子。めちゃくちゃうまかったって、なにそれ。こんなすごい絵を前にして、そんなこと言うなんて……。

──美波の絵、ださい。ぜんぜんうまくない。

──この、楓って絵師さんのキャラと構図、パクッてない？

──劣化コピーって感じ。

中学生のときの、麻子のせりふが耳の奥によみがえって。胸が苦しくて、でも、それを絶対に悟られたくなくて。わたしは顔に笑みを貼りつけた。いつもみたいに。

「昔の話じゃん。麻子、話盛りすぎだよ」

へらりと、笑う。

「わたし、もう飽きちゃったから。絵、描くの」

軽い調子で言ってのけると、

「早く音楽室行こうよ。授業はじまっちゃう」

麻子の背中を、軽くぽんと叩いた。

一刻も早く、絵の話題から離れたかった。


「ただいま……」

帰宅すると、一日の疲れがずしっと両肩に覆いかぶさってきた。

「お姉ちゃんおかえりー」

「涼花、いたんだ。今日部活は？」

「休みー」

涼花はリビングのソファに寝転がってゲームをしている。天真爛漫《てんしんらんまん》で屈託がない涼花は、思ったことはなんでもぽんぽんと口に出す。姉妹なのに正反対だ。

わたしのほうが、昔から、「お姉ちゃんなんだから」といろいろ我慢させられることが多かったから。そのうち、「これがほしい」とか、「あれがしたい」とか、言わずに飲み込むことが増えていった。

いまでは本音の出し方がよくわからない。

夕食を終え、お風呂も済ませて、二階の自分の部屋に行く。

わたしはベッドにぽすんと身を投げた。

そのままぼんやりしていたら、ぴこん、とスマホが鳴った。メッセージの通知音。

もしかして葉月くんかも、と、画面を見ると。

「野田、くん？」

ＹＵＹＡ、という人からのメッセージ。

「美波ちゃん、いまなにしてる？」って。

フルネームじゃないけど、これは絶対に野田くん。どうして？　わたし、電話番号もアプリのＩＤも、なにも教えてないのに。

野田くんですか？　と返す。

すると、「ＹＥＳ」のスタンプが返ってくる。

――美波ちゃんの連絡先、麻子に教えてもらったんだ。よろしくな。

麻子が？　なんで勝手に、野田くんに……！

わたし、葉月くんのことが気になってるって伝えたのに。

視界がかすんだ。息が苦しい。

呼吸がしにくい。ゆっくりと深呼吸しようとするけど、ダメだった。

わたしは、落ちていく。湖に、身を投げるみたいに。

キンモクセイの甘い香りが満ちている。もうスマホの通知音は聞こえなかった。

というより、この世界にはスマホは持ち込めない。いつだって、からだひとつでこの世界に吸い込まれる。

中庭の銀杏の木のそばに、わたしはいた。黄色く色づいた葉っぱが陽を浴びて金色に光っている。ロビーに飾られていた、あの絵のことを思い出す。

ゆうべはなぜか夢を見なかった。わたしは落ちなかった。葉月くんは？　今日は、会える？

かさりと落ち葉を踏む音がした。わたしのものとはちがう足音。とたんに、どきんと心臓が跳ねた。

——葉月くんだ！

痛いくらいにどきどきする。

小さく深呼吸して鼓動を落ち着けてから、振り向く。すぐに葉月くんと目が合った。

かあっと、顔が熱くなる。

この人は、わたしの作り出した存在じゃない、現実世界をちゃんと生きている、本物の葉月くんなんだ……。

わたしたちだけが共有している、うす青い学校、うす青い街。

「ゆうべ、わたし、ここの世界に来れなかったの。葉月くんは？」

「おれも来てない」

「どうして……かな」

「多分、おれが怒っていたから」

葉月くんは静かに告げた。

「怒っていた？」

聞き返すと、彼はうなずいた。

「あんなにあからさまな嘘を吐かれたら、誰だって怒るだろ？」

葉月くんはわたしをまっすぐに見据えた。あの、水晶玉のような瞳で。

「キンモクセイの絵。坂本さんが描いたんだろ？」

「ちが……」

わたしの声は弱弱しく沈んでいく。

「前、あの木のそばで、きらきらした目で、絵を描きたいって話してくれたのに。現実のおれには言えないんだな」

「それは……」

うつむいて、スカートの生地を、ぎゅっと握りしめた。

怖かったんだ。信じられなかったんだ。昔の傷がちりちり痛んで。

「いい絵だと思ったよ。本当だ。おれは好きだ」

葉月くんの声色がやわらかい。顔を上げると、葉月くんはほほ笑んでいた。

「どうして素直に受け取らないんだよ。そんなに自信がないのか？」

鼻の奥がつんとした。葉月くんの笑顔を見ていたら、涙が込み上げてくる。

「わたし……。昔、ね」

ずずっと、はなをすする。乾いた風が吹いて、銀杏の葉が舞い落ちる。金色の魚のように、風に乗って泳いでいる。

「昔、絵をけなされたんだ。仲が良かった友だちに。それまで一番、わたしの絵を上手だってほめてくれてた友だちに」

──美波、昔から、すっごい絵がうまかったんだよ。

麻子の無邪気な声がよみがえる。

「陰で悪口言われてたの。調子に乗ってるって。たいしてうまくもないくせに、って。うまい絵師さんのイラストを、パ、……パクッてる、って……」

嘘を吐かれていたんだ。表ではほめておいて、裏では……。

「わたし、その子といまでも仲良くしてる。葉月くんはきっとばかみたいだって思うだろうけど、わたし、離れられない。ひとりになるのが怖い。離れたら、また昔みたいに悪口言われるんじゃないかって……」

「ばかみたいだって、思うよ」

葉月くんは言い切った。

「友だちだって言えるのか？　そういう関係」

「友だち、だよ」

「ちっとも信じてないのに？　しんどくないか？　疑いながら、おびえながら、一緒にいるのって」

「しんどい……よ」

いっそひとりになったほうがいいのかもしれない。

だって、この世界にひとりきりでいるとき、わたしは思いっきり空気を吸えた。呼吸が、できた。

葉月くんが現れてからも、それは変わらない。なぜか葉月くんは、わたしのことを見抜いてしまうから。わたしの気持ちを見透かしてしまうから。だから、わたしは。

「きつい。苦しい」

こんなふうに、さらけ出してしまう。

涙だって、勝手にあふれてくる。

葉月くんの手のひらが、わたしの頭の上に、そっと置かれた。撫でるでも髪をぐしゃっとかきまわすでもなく、ただ、置かれているだけ。

大きな手、大きなぬくもり。

あたたかくて、涙が止まらなくなる。

「おれ、さ」

葉月くんの声が降ってくる。

「なんとなくわかった。おれと坂本さんが、同じ世界を共有している理由」

「……え？」

顔を上げると、涙に濡れた目に、葉月くんの顔が映る。

「似てるんだよ。おれと坂本さん」

葉月くん、どうしてそんなにつらそうな顔をしているの？

「おれ、自分のことをずるいと思った。坂本さんに、自分の絵のことを認めろとか、ほめてるのになんで素直に受け取らないんだ、とか。自分にもできないくせに、勝手なことを言って」

「どういうこと？　自分にもできないくせに、って……」

「明日の放課後、また、あのアクアリウムの前に来てほしい」

こたえる代わりに、葉月くんはそう言った。

「渡したいものがある。坂本さんに」

2

目が覚めたあと、わたしの頬は涙で濡れていた。

はじめて誰かに話した。「あのとき」のこと。「あのとき」以来、必死で心の奥に押し込めようとしていた、自分の苦しい気持ちを。

……葉月くん、に。

まだ葉月くんの手のひらのぬくもりが、頭の上に残っている。夢の中で、わたしの涙を、苦しさを、まるごと受け止めてくれた。

葉月くんは、わたしと葉月くんが似てると言っていた。どこが？　どんなふうに？

わたしに渡したいものって、なんだろう……。

うつむきながら桜並木の坂道をのぼる。足元には赤茶けた桜の葉がたくさん落ちている。ローファーで落ち葉を踏みしめながら歩いているうちに、正門に着いた。

「美波ちゃん」

声をかけられる。

「野田、くん」

野田くんが門柱にもたれかかるようにして、わたしに手を振っていた。

「まさか、待ってたの？」

「まあね。ゆうべ、急に返信途切れたし。なんか気になって」

わたしは昨日、野田くんとのやりとりの途中で〝落ちて〟しまった。

「ごめん、すごく疲れてて……寝落ちしちゃってたんだ」

「ふうん」

わたしが校舎に向かって歩き出すと、野田くんも歩き出した。

「美波ちゃん、今日の放課後、暇？」

「え？」

「サッカー部の練習、観《み》に来ない？」

「えっと、ごめん。今日は用事があるんだ」

大事な大事な用事。葉月くんと、アクアリウム水槽の前で、会う。

「そっか。女の子が応援してくれてると、めっちゃ気合入るんだけどな」

野田くんは、ははっと笑った。

「おーい！　雄哉！　美波っ！」

威勢のいい声がうしろから飛んでくる。麻子だ。麻子が駆け寄ってきて、わたしの背中に、とんっと自分のからだをぶつけた。

「なんなのー？　ふたりで一緒に登校してんのー？」

麻子、にやにやしている。

「校門のところで偶然会って」

わたしはすぐに説明した。偶然、ってことにしておきたい。

「ふーん。偶然、ねえ」

麻子のにやけは止まらない。

「雄哉、あの話、もう美波にした？」

「ああ、これから話そうと思ってたとこ」

あの話？

「また四人で遊びに行こうよって話してたの。今度は水族館とかどう？」

麻子は目をきらきらさせた。

水族館？

わたしの脳裏に、生物室のアクアリウムが、ふわっと浮かんだ。青くライトアップされた、静かな世界。誰にも気を遣わなくていい、楽に呼吸ができる場所。

脳内に一瞬で広がった水の中の世界に、葉月くんがいる。水草の森の中に、ひとりたたずんでいる。

「美波、つぎの日曜、空いてる？」

「わたし、行けない」

「え?」

麻子は固まった。野田くんも、わずかに眉を寄せた。

「あ、日曜はダメか。土曜はうちの部の試合があるし……。そのつぎの日曜は?」

「そうじゃなくって。わたし、行きたくないの」

はっきりと、告げた。

もう、わたしと野田くんをくっつけようとしないで。そういう魂胆《こんたん》があるなら、わたしは四人で遊びになんて行きたくない。

だってわたしには、好きな人がいる。

「そっか。美波は魚が苦手なのか」

麻子はあっさり引いた。

「そういうことじゃなくって」

「じゃ、映画は?」

わたしのせりふにかぶせるように、野田くんが言った。

「あの。わたし、水族館も、映画も行かかな」

い、まで言い終えてないうちに、

「えー? 雄哉、映画館で寝そう」

麻子が野田くんに言い返した。

「失礼だな。いくらおれでも映画観ながら寝るかよ」

野田くんと麻子の会話は、テンポよく進む。最近どんな映画を観たか、とか、そんな話で盛り上がりはじめて、わたしが「行きたくない」と言ったことなんて、いつの間にか、どこかに流されてしまっていた。


勇気を出したのに、ダメだった。そりゃ、ほかの人から見たらちっぽけすぎる「勇気」かもしれないけど、わたしにとっては……。

どうすればいいんだろう。もっともっと、強くきっぱりと言ったほうがいい？

相手によく思われようとか、こんな言い方したら嫌な思いをさせるんじゃないかとか、絶対に考えないことがコツだって、前、葉月くんは言ってた。

そんなの無理だって思ってたけど、それぐらいの気持ちでいたほうがいいのかも。

葉月くんと話したい。それに、「渡したいもの」っていったいなんなのか、気になる。

早く授業が終わってほしい。時計の針を進めて、〝いま〟を放課後にしてしまいたい。

焦れるような気持ちで、すべての授業が終わるのを待った。そしてようやく、放課後が来た。

帰りのホームルームが終わると、葉月くんはすっと立ち上がった。そのまま教室から出ていこうとする彼を目で追う。

するとと葉月くんは、ドアのそばで、ふいに立ち止まった。そして、わたしをちらと見やって。目が合って。その瞬間、教室の音が消えた。

反射的に小さくうなずくと、葉月くんもうなずき返してくれた。

少し時間を置いてから、彼を追いかけるようにして、わたしは生物準備室に向かった。

鼓動が速い。呼吸が浅い。

落ち着け、自分。すうっと大きく息を吸い込んでから、わたしはドアを開けた。

青い水槽の前に、葉月くんがいる。左手に、茶色い大きな封筒のようなものを持っている。

目が合うと、葉月くんはすっと右手をわたしのほうに出し、「こっちに来て」と言うように手招きした。

こくりとうなずく。やっぱり葉月くんは、学校ではしゃべれない。

「葉月くん」

青い水槽の前。彼のそばに寄って、おそるおそる呼びかけると、葉月くんは手にしていた封筒を、わたしに差し出した。

「渡したいものって、これ……?」

葉月くんはうなずく。受け取った封筒は、雑誌一冊分ぐらいの厚みがある。

「ここで、中、見てもいい？」

葉月くんは、今度は首を横に振った。

胸ポケットからペンを出し、封筒の表に、

『家に帰ってから読んで』

と書きつけた。

「読む？」

葉月くんはわたしの目をちらと見ると、ふたたび封筒に視線を落として、

『これが、おれの声が出なくなった原因』

と、書いた。

「えっ……」

あまりにも想定外な言葉に、息を飲んでいると。葉月くんは、さっとわたしの横をすり抜けて、生物準備室を出ていってしまった。

ドアが閉まる。

誰もいなくなった静かな部屋に、水槽のモーターの音が響いている。

わたしは、渡された封筒と、そこに書かれた少し右上がりの文字を、じっと見つめていた。

封筒の中に入っていたのは、ダブルクリップでとめられた、紙の束だった。一枚目のまんなかに、大きく、『海の底の街で』と記されている。手書きじゃない、パソコンで打ち出された文字だ。

そしてその横には、いつもの、あの右肩上がりの字で、

『この小説を、決して誰にも見せないで。おれが小説を書いていたということ、絶対誰にも言わないで』

と、ボールペンで書かれている。

「小説……？」

思わず、つぶやきが漏れ出た。葉月くんが書いていた？　小説、を？

自分の部屋の床に、制服のまま、ぺたりとしゃがみ込む。

紙の束をそっとめくる。縦書きで、明朝体《みんちょうたい》の文字がびっしりと打ち込まれている。

葉月くんが、これを。

どきどきと落ち着かない心臓を、なんとかなだめながら、一行目を読む。一行目、二行目……。するすると文章がわたしの中に入ってくる。

気づいたらわたしは、夢中になって読んでいた。

『海の底の街で』

海の底の底には、巨大なドームがあって、そこには海に適応して進化した、もうひとつの「人類」が暮らしている。人魚のような尾びれがあって、水の中でも呼吸ができる。

ヒロインの名前は「ミナミ」。わたしと同じ名前だ。

ドームを出て、海を上へ上へと泳いでいくと、もうひとつの世界が現われる。そんな伝説を信じている、純粋な女の子。だけど、そんな作り話を真に受けるなんてガキだな、と、同世代の友だちには陰で笑われている。

なんて美しい文章なんだろう。

なんて繊細な世界観なんだろう。

わたしはふだん、あんまり本を読まない。なのにすぐに引き込まれた。頭の中に、情景がぱっと浮かぶんだ。サンゴでできた街、透き通った水の世界、ミナミのはじける笑顔、ばかにされて流す悔し涙。

「あれ？　もう終わり？」

あっという間に最後の一枚にたどり着いてしまった。

「こんな場面で？　続きはないの？」

紙の裏側を見てみたけど、まっしろで、なんの文字もない。

書きかけ、なんだ。この物語は。

ミナミが海に落ちてきた不思議な少年を助け、おきてを破り、ドーム世界の自分のひみつ基地にかくまう。少年が目を覚ましたところで物語は途切れている。

まだはじまったばかりなのに！　ここからさらに面白くなりそうなのに！

いてもたってもいられず、わたしは葉月くんにメッセージを送った。


——読んだよ。

——すごく面白かった。

——このお話の世界、わたし、好き。

——続きはないの？


興奮のあまり、立て続けに送ってしまう。既読はつかない。

「いったん落ち着こう」

わたしはひとりごちると、すうっと息を吸って、吐いた。そしてふたたび、葉月くんに渡された紙の束を見やる。

葉月くんが書いたんだ。

いままでわたしのまわりには、小説を書く人なんていなかった。ううん、いたとしても、葉月くんみたいに誰にも内緒にしていただけかもしれないけど……。

「すごい、な」

すごい。信じられない。でも、……わかる。なにかがすとんと腑《ふ》に落ちた気がした。いつも休み時間に本を読んでいるから、物語自体が好きなんだろうし、言葉もたくさん知っているはず。それだけじゃない。クラスメイトの人間関係なんて、なにひとつ関心がないような顔してるのに、わたしが思い悩んでいることをすっと言い当てた。本当はまわりのことをよく見てるんだ、きっと。だからあんなにヒロインの気持ちを表現できるんだ。

夢の中では、キンモクセイの花を星のようだと言って、恥ずかしがっていたっけ。あのとき、照れてわたしに背中を見せた葉月くん。あれが葉月くんの、飾らない、偽らない本当のすがたなのかも。

もう一度、最初からゆっくりと読み返す。

これは確かに葉月くんの文章、葉月くんの作った世界だ。だって、海の中のもうひとつの人類が暮らす世界の雰囲気が、わたしたちが毎晩落ちる夢の世界と重なるんだもん。

文章を読んで頭の中に広がった情景が、夢の世界にどこか似ているんだ。

宝物に触れるみたいにそっと、紙の束を封筒の中へ戻す。学習机の上に置くと、わたしは。

絵筆に、手を伸ばした。

描かずにはいられなかった。葉月くんの小説の主人公、ミナミが暮らす海。海にゆっくりと沈む少年と、サンゴの街。これはミナミの目を通して見た情景。

夕ご飯とお風呂をはさんで、さらに描き続ける。

深夜零時をまわって、わたしはいったん作業をやめた。もう寝ないと。

一日が四十八時間あったらいいのに、そうしたらもっと描き続けていられるのに。

名残惜《なごりお》しい気持ちで一階に下り、絵筆や筆洗いを片付け、パレットを洗った。

部屋に戻り、ベッドに入る。

とたんに、ほどよい疲労感に全身を覆われ、まぶたが重くなる。

落ちるように、水の世界へ、吸い込まれていく。

3

わたしより先に葉月くんが来ていた。

降り立った場所は音楽室で。葉月くんはグランドピアノの椅子に座って、人差し指で鍵盤《けんばん》を叩いていた。

ぽーん。ぽーん……。

「葉月くんってピアノ弾《ひ》けるの？」

「ぜんぜん？　弾けるように見える？」

「なんか、ピアノの前に座ってると、それっぽく見えるよ」

わたしがそう言うと、葉月くんは小さくほほ笑んで、鍵盤に視線を落とした。長いまつ毛の影が頬に落ちる。思わず見とれてしまう。

わたしはそっと葉月くんのそばに寄った。ピアノは、黒というより、紺色をじっくり煮詰めたような色をしている。

音楽室の中はどこかうす暗い。

「今日は曇ってるんだよ。めずらしいよな」

「……ほんとだ」

窓枠が切り取る空はブルーグレイ。湿気をたっぷり含んだ雲が広がっている。

「こんな天気、はじめて」

「おれも。いつだってここは晴れてるから」

ふたりとも小説のことには触れない。というか、わたしは早くその話がしたかったんだけど、なんとなくタイミングがつかめないでいた。

「あのさ、メッセージなんだけど、気づいた？」

結局深夜まで既読はつかなかった。

「気づいたけど……なんて答えていいかわからなかった」

「未読スルーだったの？」

まあな、と葉月くんはくしゃっと自分の後頭部の髪をかき混ぜた。

「わたしには、ほめてるんだから素直に受け取れとか言っておいて」

「ほんとだな。……なんかすげー恥ずかしくて」

ぽーん、と。高い音が一音、伸びた。照れ隠しにピアノを弾いてごまかそうだなんてずるいよ？

「ねえ、続きはないの？」

「ない」

「わたし夢中になっちゃった。すごく好みの世界観」

「それはどうも」

「いつ書いたの？」

「中学二年の秋」

「どうして……書くの、やめちゃったの？」

葉月くんの肩がぴくりと動く。

中学二年の秋。それからまる二年は経《た》っているのに続きはない。もう書かない、あるいは書けないっていうことなんだよね？

「それに」

口にするか迷った。あの小説が、葉月くんの……「声が出なくなった原因」。いくら葉月くん本人があらかじめわたしにそう告げていたとはいえ、わたしなんかが踏み込むのは無神経すぎる。

「坂本さんと一緒だよ」

わたしのためらいを見透かしたように、葉月くんはあっさりと言ってのけた。

「小説をけなされて、ばかにされて、ショックで声が出なくなった」

「…………え」

「そんなことで？　って思ったろ？　おれだって信じらんねーよ」

「思ってないよ？　そんなことで、なんて」

胸がぎゅっと縮まった。麻子に陰口を言われたあの瞬間に、わたしの気持ちが引き戻される。

「おれがばかだったんだ。誰かに読んでもらいたいなんて、思うんじゃなかった」

ぽつん、と、なにかが落ちる音がした。窓ガラスに雨粒が当たって、したたり落ちている。

「あれはおれがはじめて書いた小説だ。おじさんのおさがりのパソコンをもらって、見よう見まねで書きはじめた。最初の二十枚まで書いたところで、無性に誰かに読んでほしくなって」

ぱら、ぱら、ぱら、ぱら。

降りはじめた雨の音がまばらに響く。

「家のプリンタで、こっそりプリントアウトしてさ。親友——いまはちがうけど——に読んでもらおうと思って、学校に持っていったんだ」

葉月くんの顔が苦しげにゆがむ。

「あー、まじでやめればよかった。どうかしてた、おれ、ほんとに。時間を巻き戻して、なかったことにしたい。誰にも見せるなって、あのときのおれを止めたい」

心臓がどきどきしていた。嫌な感じの〝どきどき〟だ。

「前も言ったけど、おれ、そういうキャラじゃなかったんだよ。うちの学校、運動部がさかんで、運動神経いい奴が正義って感じでさ。おれ、陸上部でけっこういい線いってたから、まあ、なんていうか、目立つグループにいたんだよ」

雨音がだんだん激しくなる。

「勉強したり本読んでたりしたら、ばかにされるってほどじゃないけど、軽くいじられた。そんな雰囲気の奴らの集まりの中で、おれはカンペキにキャラ演じて馴染んでた。ひとりになると本ばっか読んでたくせにな」

葉月くんは自嘲気味に笑う。

そんな苦しそうに笑わないで。胸が……痛くなるよ。

「でもさ。小学校から仲がよかった親友が、おれにはいて。そいつだけはわかってくれるんじゃないかって、都合のいい期待してさ。はじめて小説書いてテンションがおかしかったのもある。おれ、天才かも、みたいな」

葉月くんはピアノの鍵盤に目を落とした。

「そいつに見せようと、小説を学校に持っていったんだよ。そしたらさ。そいつが仲間にバラして」

雨粒が激しく窓ガラスを叩いた。

仲間に小説が見つかって。それからなにが起こったのか。わたしにだって予想はつく。きっとわたしが味わったのより、もっともっとひどい、屈辱的《くつじょくてき》な……。

「大騒ぎされた。返せよって言ったのに取り上げられて、クラスのみんなにまわし読みされて。さんざんいじられた。中二病とか、毎日人魚姫の妄想してんの、キモ、とかなんとか。文豪《ぶんごう》ってあだ名つけられたときは、もう終わった、って思った」

「そんな……」

ひどい。

「いじり、って、便利な言葉だよなあ。いじめじゃねーし。ふざけてるだけだし。おいしくいじってやってんだからまじになんなよって、みんなそういう空気出してた。おれ、二学期中ずっと、仲いいグループのやつらに小説のことでいじられて。しゃべったことないほかのクラスの奴らにもすれちがいざまにくすくす笑われて。おれの小説、学年中にまわっちまったんじゃねーのかな。人魚の人、とかこそこそ指さして笑われたしさ」

つらすぎる。もしもわたしの絵が、麻子たちだけじゃなくて学年中の笑いものになったら……。わたしだったらもう学校になんて行けない。

「おれ、ばかだから。仲間にいじられても、へらへら笑ってたんだよ。黒歴史いじんなよ、っつってふざけてさ。そんなばかなこと続けて、傷ついた自分の心、ずっと殺してた。そしたら」

葉月くんは淋しげに笑った。

「ある日、声が出なくなった。三学期のはじめだった。すげー寒くて、目が覚めて窓の外見たら雪で。雪降ってる、って家族に教えようとしたら。……声が……出なくて」

雨音はますます激しく、窓の外はもう滝みたいで、なにも見えない。

葉月くんに、どんな言葉をかけていいか、わからない。

いつか言われた。自分の絵を卑下するなよって。作者なんだから、って。

かつての葉月くんもそうだったんだ。自分を殺して、自分の作品を「黒歴史」と蔑《さげす》んで。そんなことを続けた結果、声を失った。

そうか。だから葉月くんは、わたしに、

——坂本さん自身が、消えてなくなってしまう。それでいいの?

なんてことを言ったんだ。言いたいことも言えずに、無理して笑って合わせて。そんなことを続けていたら、わたしが。わたし自身が、いなくなってしまう。

葉月くんはわたしに、自分みたいな思いを味わってほしくないと、思ってくれてたのかもしれない。

「それにしてもひどいな。この世界には雨なんて降らないと思ってたのに」

黙り込んでしまったわたしを気遣うように、葉月くんが話題を変えた。

「葉月くんの小説の世界の……海の中のドームの世界にも、雨は降らないんだよね？」

ようやっと、わたしはそんなことを聞いた。

「そりゃあな。水の中だから、当然雨なんて降らない」

「いまわたしたちがいる夢の世界、葉月くんの作ったドーム世界に似てる」

「おれも思ってたよ。坂本さんにはじめてここで会ったとき、名前が、あの話の主人公と同じ『美波』だからなのかなって思った」

「そっか、……そうだね」

わたしは、葉月くんの描いたヒロインと、同じ名前だから。

「あの、ね」

たどたどしい言葉でもいい。もう一度、伝えたい。つらい記憶を掘り起こして、わたしに話してくれた葉月くんに。わたしがどんなに、あの作品に惹かれたか。

「わたしは葉月くんの小説が」

そのとき。

音楽室の天井から、水がしたたり落ちてきて、ピアノの鍵盤にぽとんと垂れた。

「うわっ、雨漏り」

葉月くんがつぶやいたのと同時に、天井のあらゆるところから細い滝のように水が流れ込んできて……。

「なにこれっ」

わたしたちの足元に水が溜まりはじめる。この世界でこんなことが起こるなんて。

パニックになっていると、急に目の前の葉月くんの輪郭がぶれた。

「え？」

「坂本さんっ」

葉月くんの声も冷静さを失っている。葉月くんも、ピアノも、かげろうのように
ゆらゆら揺れはじめて……。

ぶつっ、と。視界が真っ暗になった。


ぱちっと目を開ける。まだ視界は暗く、ベッドボードに置いていたスマホを引き寄せて見ると、午前二時だった。

ベッドに入ったのが零時ぐらいだったから、二時間しか眠れていない。

それに、夢の世界の様子が、いつもとちがっていた。雨が降っていた、それも尋常じゃないレベルの大雨が……。天井から水が流れ込んできたときは怖かった。

暗闇の中で、手のひらのスマホの画面が青く光る。

「……伝えられなかった、な」

葉月くんの小説が好きだと、口にしようとした瞬間、雨のしずくが落ちてきて。

ほかの人がなんて言おうが、わたしは葉月くんの物語が好き。続きを読みたいと思っているファンが、ここにはいるんだよ。

言いたかったな。葉月くんの顔を見て、直接。

メッセージアプリのトーク画面を開く。

夢が途切れたなら、現実世界で伝えればいいんだよね？　だって君はリアルな存在なんだから。ちゃんと現実を生きてるんだから。

きっと葉月くんも目覚めてしまったはず。だからわたしは、

——さっきの話の続き。放課後の生物準備室で、してもいいかな。

と、打ち込んだ。

送信。

すぐに、「了解」と返事が来た。

はじめてわたしの絵を葉月くんに見せると決めた日は、一日中そわそわと落ち着かなかったけど、いまだってそうだ。

わたしのトートバッグからは、中学の卒業証書の筒《つつ》の先端がのぞいている。適当

な容《い》れ物がこれしかなかったから、仕方ない。

この中には、わたしの絵が入っている。今度は画像じゃない、実物だ。

葉月くんは、トラウマになってしまった小説を学校に持ってきてくれた。わたしに見せてくれた。

どんなに勇気が要《い》っただろう?

また否定されたら、もう二度と立ち上がれない。そう思って怖くなってしまう気持ち、わたしにはわかる。

だからわたしも、もう葉月くんに嘘は吐かない。

心に決めていたけど、どうしてもどきどきして。休み時間、ひとりで自分の席にいる葉月くんのほうを見つめてしまって。葉月くんも、時折振り返ってこっちを見て。目が合いそうになるたびに、わたしからそらしてしまっていた。

わたし、緊張してるんだ。

一日の授業が終わり、帰りのショートホームルームも終わり、みな席を立つ。ざわめきに満ちた教室、わたしの鼓動はありえないほど高まっている。

「美波、ちょっといい?」

麻子に呼び止められた。

「ごめん。今日、急いでるんだ」

鞄とトートバッグを手にしながら謝ると、麻子はわずかに顔をしかめた。

「ごめんね。明日じゃダメ？」

わたしはあわててつけ加えた。さっきの断り方、ちょっトゲがあったかも。早く生物準備室に行きたい一心で。

「いいよべつに。たいした用事じゃないから。じゃーね」

麻子はひらひらとわたしに手を振る。笑顔だけど、本当に心から笑っているのか、わたしにはわからない。こんなささいなことで、機嫌を損ねたかもって不安になる自分のことが、好きじゃない。

わたしはもう、葉月くんに嘘は吐かないと決めた。

でも、麻子に対しては……本音をぶつけるなんて無理だ。

トートバッグの持ち手を、ぎゅっと強く握りしめる。早く生物準備室に行かないと。

4

ドアをノックしたけど返事はなく、いつものようにわたしは、「失礼します」と小さくつぶやいて中に入る。

水槽がぼんやりと青く光っている。美しい、静かな、さざ波ひとつ立たない世界。本物の海じゃない、これは人間の手で作られた、小さな偽物の海。嵐も起こらないし、魚たちを脅《おびや》かす天敵もいない。

水槽のガラスに、自分の顔が映る。ガラスに映ったわたしの目に、水槽が映っている。

がらりと、ドアが開いた。

「葉月くん」

葉月くんはまっすぐに水槽の前へ——わたしのそばへ歩いてくる。

「きのうの、夢の続き。雨のせいで夢が途切れて言えなかったから、ここで話したい」

わたしが口にすると、葉月くんはゆっくりとうなずいた。

「でも、その前に、これを見てほしいんだ」

わたしは卒業証書の筒をバッグから抜き取って、すぽんとふたをはずした。

「この前とはちがう絵だよ」

画用紙を広げて渡す。それを見たとたん、葉月くんは目を大きく見張った。

「なにを描いたか、わかる？」

葉月くんは首を縦に振った。わかる、んだ。

小説に出てくる、海の底のドーム世界の絵。沈む少年と、サンゴの街。

「伝わったみたいでよかった。わたしね、葉月くんの小説を読んだあと、一気にこの絵を描き上げたんだ。話にすっごく入り込んじゃって。もう、じっとしていられなくて」

葉月くんの眉がぴくりと動く。

「誰がなんと言おうと、わたしは葉月くんの作るお話が好き。こんな絵を描いてしまうぐらい、好き。続きが知りたくてたまらない」

胸が熱い。

顔に熱がのぼって、足元がふわふわする。

わたしが描いた絵だと、まっすぐに言えた。葉月くんの小説が好きだと、自分の口で、しかも現実世界で……言えた。

「ファン一号だよ」

葉月くんは無言だ。じっと、わたしの描いた絵を見つめている。

目の前で自分の絵を凝視《ぎょうし》される恥ずかしさを、ごまかすみたいに、

「ううん、もしかしたら、一号はほかの人なのかも」

わたしはしゃべり続けた。

「だって葉月くんの小説、同じ学年の人、みんな読んだんだよね？」

葉月くんがわずかに顔を上げて、わたしの目をちろっと見る。

もう全部話すことにした。ゆうべ、葉月くんの話を聞いて、思ったことを。

「みんなが読めるって、すごいことだよ。葉月くんは読書好きだからそうは思わないかもしれないけど、苦手な人からしたら」

クラスのみんなにまわし読みされて、学年中にまでまわって……。

〝みんなが〟読んだ。

それって実はありえない。いい意味で、すごいことだ。でも、葉月くんは気づいていない。彼が「読書に慣れて」いる人だから。

いまだって葉月くんは、眉間《みけん》にしわを寄せて、わずかに首を傾けている。「なに言ってんだこいつ？」って思ってるんだろう。

「わたしは正直、本読むの苦手で。図書館とかで、面白そうって手に取った本でも、いざ読みはじめると、すぐ嫌になっちゃうの。冒頭十枚どころか、一枚目でもうムリって投げることだってあるもん」

葉月くんの眉間からしわが消えた。まじまじと、わたしを見ている。

「でもわたしは葉月くんの小説を読めた。びっくりするほどするすると読めた。きっと葉月くんの学校の人たちも、そうだったんじゃないかな」

「………」

「口に出さないだけで、絶対、面白いって思った人はたくさんいる！　続きが気になるって思った人はたくさんいる！　目立つ人たちの作った『いじり』の空気に逆らえなかっただけで、心の中では、きっと」

どうしたら伝わるんだろう？　葉月くんのすごさが。

「きっ、と……」

鼻の奥が熱くて、ぐっと涙が込み上げそうになる。もどかしい、自分の言葉の拙《つたな》さが。

急に黙り込んでしまったわたしを見て、葉月くんはゆっくりと息を吐いた。そして、その指が学ランの胸ポケットを探った。

いつものメモに、ペンで。短くなにかを書きつけて、ぱっとわたしに見せた。

『すごい熱量』

かあっと、顔が熱くなる。いまさら我に返って恥ずかしくなってしまった。

「ご、ごめん、わたし」

葉月くんのくちびるが、ゆっくりと大きく動く。

あ、り、が、……。

「………？」

葉月くんはもどかしそうに頭をかくと、ふたたびメモになにか書きつけた。

『ありがとう』

ありがとうって、書かれてる……。

葉月くんの顔が、みるみるうちに赤くなる。決まり悪そうにうつむいて、メモにペンを走らせた。

『おれも坂本さんの絵が好きだ』

「あ……」

『やっと認めたね』

「だって」

葉月くんが、あんなふうに自分の傷をさらしてくれたから。

わたしだって正直にならないと、フェアじゃない。

「キンモクセイの絵はわたしが描いたんじゃないなんて、嘘を吐いてごめん」

水槽の青い光が、葉月くんの顔の右側を照らしている。

「ずっとひとりで描いてた。描いてることは、誰にも打ち明けてなかった。どうしても自信が持てなくて。また傷つけられるのが怖くて。夢の世界のことを確かめるために葉月くんに見せたけど、やっぱり……怖くなってしまって」

ごめんね、と告げたわたしの声は、かすれていた。

少しの沈黙のあと、葉月くんはメモに文字を書き込む。

『坂本さんは強い』

え？　と間抜けな声をあげたわたしに、さらに葉月くんは、

『坂本さんは本物だ』

と書いてみせた。

「どういうこと？」

メモにペンを走らせる小さな音が聞こえる。わたしはじりじりと焦《こ》がれるように、続きの言葉を待った。

『けなされても、傷ついても、描くことをやめなかった。ひとりきりでも描くことをやめなかった。だから、本物』

「あ……」

傷ついても、描くことをやめなかった。

「やめられ、なかったの。だってわたしは」

胸が熱い。胸の奥に大きな熱のかたまりがあって、どんどんふくらんでせり上がっ

てくる。

「わたしは、絵が好きだから」

どうしようもなく好きだから。

涙がこぼれそうになって、あわてて上を向いた。恥ずかしい。〝現実世界の〟葉月くんの前で、泣くなんて。

でも。

好きなことを、「好き」だとちゃんと言えた。たったそれだけのことが、わたしにはずっとできなくて。

だからいま、わたしは。……わたしは。

『泣いていいよ。ここにはおれしかいないんだから』

葉月くんの右肩上がりの字が、にじんでぼやけていく。

「泣いてないし」

ぼそっと言い返して、わたしは自分の目じりを指でぬぐった。

『堂々としてろよ。絵が好きだって胸を張れよ。すごくいい絵だ。ほかの絵も、見たい』

「うん……」

言うか言うまいか、迷った。

「葉月くんは」

でも、どうしても気になる。

「もう、小説は書かないの？」

葉月くんの眉がぴくりと動く。

『書いてない。あれ以来』

葉月くんはさらにペンを走らせる。

『おれは坂本さんとはちがう。本物じゃないんだ。たぶんもう書けない』

「でも」

わたしはとっさに言い返した。

「でも、消さずにとってあるんだよね？　小説のデータ」

プリントアウトして、わたしに読ませてくれた。

『消せなかったんだ』

「だったら」

わたしは葉月くんの目をまっすぐに見据えた。水晶玉のように澄んだ瞳が揺れている。風が吹いてさざなみが立ったみたいに、揺れている。

「だったらまだ火は消えてないいんだよ。書きたい気持ちは、まだくすぶっているんだよ」

きっと葉月くんの「好き」も、本物だ。

葉月くんの瞳に、ぱっと光がともった。ように、わたしには見えた。

気のせい、かな……？

と、そのとき。がらりと扉が開いて、先生が入ってきた。たくさんのプリントの束をかかえている。

「おう、来てたのか」

ふたりして、ぺこりと頭を下げる。

「ちょうどよかった。ちょっと手伝ってほしいことがあるんだが」

先生はにやっと笑う。

先生が運び込んできた大量のプリントは、授業で使うまとめ問題らしく、四枚つづりにしてホチキスでとめるらしい。わたしと葉月くんは夕方までその作業を手伝った。

「ふたりともありがとう、助かったよ」

先生は校内の自販機で缶ジュースを買ってきてくれた。

つぶつぶ入りのオレンジジュース。さわやかな酸味とすっきりした甘味が、すごくおいしくて、ごくごくと飲んだ。

となりを見ると、葉月くんが真剣な顔して、缶の底をとんとん叩いている。缶の底に張りついたみかんの粒を余すことなく味わいたいんだろう。しまいには、缶をひっくり返して自分ののどに向けて、とんとん叩きはじめた。

「ぷっ」

つい、吹き出してしまう。わたしが笑っているのに気づいた葉月くんは、むすっとして、わたしの額をこぶしで軽く小突いた。

「ごめんってば」

だって、なんだかかわいくて。って言ったら、やっぱり怒るよね？

「やっぱり、仲良いんだなあ」

佐久間先生がしみじみとつぶやく。

わたしと葉月くんは、思わず顔を見合わせた。

以前先生に、「坂本と葉月、仲良かったんだな」と言われたときは、微妙な間柄だった。夢の中ではたくさん話していたけど、現実ではちがったから。

でも、いまは……。

仲が良い、って言われて。はい、ってうなずいても……いいのかな。葉月くん、「え？」ってリアクション、しない？

ちらりと、葉月くんの顔を盗み見る。と、その瞬間、葉月くんもわたしを見たから、もろにばちっと目が合ってしまった。

心臓がおかしな感じにはずんで、わたしはとっさに顔をそらす。

顔に熱がのぼって、耳たぶの先がじんじん熱い。

「先生、ジュースありがとうございました。わたし、そろそろ帰ります」

みょうに落ち着かなくて、早口でそう告げると、わたしはパイプ椅子の上に置いていた自分の荷物を手に取った。鞄と、絵の筒を入れたトートバッグ。

葉月くんも自分の荷物をさっと手に取り、先生に一礼した。

「気をつけて帰れよ。今日はありがとうな」

先生はにこにこと手を振ってくれた。

生物準備室を出て、ふたりで廊下を歩く。靴箱で靴をはき替えていると、鞄の中のスマホが鳴った。見ると、葉月くんからのメッセージ。葉月くんは自分の靴箱の前で、スマホを手にしている。

いま、打ったの？

——送る。

とだけ。シンプルすぎるメッセージ。どうしよう。葉月くんの家がどこかわからないけど、うちまで送ってくれるとか、負担にならない？

でも。もう少しだけ、ふたりで……。

——じゃあ、途中までお願いします。ありがとう。

わたしはそう返信した。途中まで。ふたりの進むルートが別れるまで。そのあいだだけ、一緒に歩きたい。

校舎の外に出ると、空は透き通ったオレンジ色に染まっていた。グラウンドから運動部の生徒のかけ声やホイッスルの音が響いてくる。

ふたたび、スマホが鳴る。

——駐輪場で自転車取ってくるから、校門のところで待ってて。

びっくりした。

「葉月くん、自転車通学だったの？」

葉月くんはうなずいた。

校門のそばでしばらく待つと、葉月くんは自転車を押しながらやってきた。

「その自転車……」

見覚えがある。この銀色の車体は、もしや。

葉月くんはにやりと口の端を上げた。

「葉月くんの自転車だったんじゃない！」

あの夢の中で、葉月くんが探し当てた〝鍵のかかっていない自転車〟。わざとらしく「あった」なんて言ってたけど、自分のだったなんて。

「悪いことしてるって、ハラハラしたんだからね？」

葉月くんは笑っている。夢の世界で見せたみたいな、無邪気な笑顔。

笑顔のまま、葉月くんは、なにか言おうと口を開いたけど、やっぱり声は出なくて。じっと待っているわたしから、申し訳なさそうに目をそらすと、ふたたび口を閉じた。もう笑みは消えていた。

なにか、冗談みたいな軽いことを言おうとしたのかな。さっきはそういう雰囲気だった。だけど、やっぱり無理で。

ここが夢の中だったら、葉月くんの声は出るのに。

もどかしい。わたしだってもどかしく感じるんだから、本人はきっと、もっと、もっと……。

学校の敷地を出て、ゆっくりと歩き出す。

自転車を押しているから、葉月くんはスマホも操作できないし、メモになにかを書き込むこともできない。だからわたしは、葉月くんの表情から、彼の「言葉」を読み取るしかなかった。

だけど、よくわからない。葉月くんは、いつも通りのポーカーフェイスに戻ってしまった。

桜並木の坂道を歩いてくだる。ふと、葉月くんがわたしの顔を見て、口を大きく、動かした。

──の、る？

乗る、って言ってる？

「う、うしろに？」

葉月くんはうなずく。

「で、でも」

ここは現実世界で、いま、この坂道には、部活帰りの生徒たちもちらほら歩いていて。ふたり乗りでさーっとくだっていけば爽快《そうかい》だろうけど、目立つし。そもそもふたり乗りってやっちゃダメなことだし。

「ゆ。夢の中で、また乗せて」

わたしはそう告げた。たったそれだけ言うのが、みょうに恥ずかしい。

葉月くんは、「わかった」とでも言いたげに、やわらかく笑った。

また、笑ってくれた。

葉月くんの茶色がかった髪が、夕陽のオレンジに照らされて光っている。

きらきら。きらきら。

まぶしくて。わたしは、目をそらした。

葉月くんの笑顔が光っている。落ち葉も、道路も、銀色の自転車も。全部、全部。

おかしな魔法にかかったみたいに、きらきら光って見える……。

どうしよう。気持ちが、どんどん、ふくらんでいく。

その日の夜。わたしは夢の中の世界で、約束通り葉月くんの自転車に乗せてもらった。あたりには甘やかなキンモクセイの香りが満ちていた。

誰もいない世界。ふたりだけの世界。嵐も吹き荒れない、天敵もいない、気を遣う友だちもいない世界。ここでは葉月くんの声はちゃんと出る。低くて、少しだけハスキーな、学校の中では、わたしだけが知っている声。

葉月くんは、ここでは、今日の帰り道で浮かべたような、もどかしそうな表情はいっさい見せない。だって、自由に話せるから。

葉月くんの腰につかまって、風を切って坂道をくだりながら、ずっとここにいられたらいいのに、と思った。

その瞬間。

ぐらりと、自転車が傾いた。とっさに足を地面に置いて転ばないように支える。

車輪が大きな水たまりに突っ込んで、スリップしたんだ。どうしてこんなところに水たまりが？

思う間もなく、水たまりがどんどん広がって、道路中に広がって、押し寄せてきて。

自転車が倒れる。

「葉月くんっ」

逃げなきゃ、と、葉月くんの制服のそでをつかんだ、そのとき。

葉月くんの輪郭が、二重にぶれた。

「え？」

世界が揺れた。そしてまた、唐突に途切れた。

6. ふたりの世界が揺らぐとき

1

やっぱりおかしい。

葉月くんとわたし、おたがいが〝夢の中だけのまぼろしの存在〟じゃなかったとわかった日から、夢の世界が揺らいでいる。

あの日の夜、わたしたちは、あの世界に〝落ちなかった〟。葉月くんは、「自分が怒っていたせいだ」って言ってたけど、本当にそれだけの理由？

だって、そのあと見た夢の中でも、いつも降らない雨が降ったり、しかもその雨に飲まれそうになったりした。

ゆうべは〝水たまり〟だ。逃げなきゃと思った瞬間に夢が途切れて。

そういえば、最近わたしは〝発作〟を起こしていない。時間や場所を問わず眠りに落ちるこの現象（というか、症状？）、ないほうがいいに決まっている。決まっている、んだけど……。

嫌な胸騒ぎがする。

いつか佐久間先生が言っていた。アクアリウムは、繊細なバランスの上で成り立っている世界なんだって。少しでもそのバランスが崩れたら、この静かで美しい世界は成り立たないんだって。

わたしたちの〝夢〟も、もしかしたら……。

朝起きて、わたしはすぐに葉月くんにメッセージを送った。するとすぐに返信が来た。


――おれもおかしいと思ってた。

――最近、あの世界がすごく不安定になってる。少しずつチューニングがずれていっているみたいな……。


やっぱり葉月くんもそう感じてたんだ。

ため息を吐きながら一階のリビングに行くと、お父さんがラジオをいじっている。普段聴かないのに、どうしたんだろう。

「おはよう美波」

「どうしたの？　いきなりラジオなんて」

「急に懐かしくなって引っ張り出してきたんだ。若い頃よく聴いてて」

ラジオからは、ざーっという砂をこぼしたみたいな音しか聞こえない。

「チューニングが合わないな。電波悪いのかな。なにしろ古いラジオだからなあ、まさか壊れてるとか」

お父さんはしきりにぶつぶつぼやいている。

葉月くんのメッセージを思い出す。チューニングがずれていってるような、か。

心の奥底の、さらに奥の世界で。同じ世界を共有していたわたしたちふたりのあいだに、ずれが生まれていってるってこと？

でも、わたしたちはむしろ、以前よりいろんなことを話しているし、それどころか、誰にも打ち明けられなかった過去の傷まで、さらしてしまっている。ずれて離れるどころか、近づいていっている。少なくともわたしはそう。

「あー、電源すら入らなくなった。ダメだこれは。やっぱり壊れてる」

お父さんががっくりと肩を落とした、
壊れている？　まさか、わたしたちのあの世界も、壊れてはじめている……とか？

まさか、ね。


学校でも、わたしはずっと自分の席でぼんやりしていた。もしあの世界が壊れてしまったら、わたしは。葉月くんは……。どうなるんだろう。

葉月くんの席のほうを見やる。いつものように文庫本を読んでいるみたいだけど、ほかの生徒のすがたにさえぎられて、見えなくなってしまった。

夢の世界を共有してるだなんて、奇跡みたいにありえないこと。

だけど、わたしたちのあいだには、それが起こった。

わたしと葉月くんだけの、静かな世界。ありのままに笑って、思いっきり息ができる、穏やかな世界。

もしもそれが、消えてしまったら。

わたしはどこにも、逃げ込めなくなる。

それだけじゃない。あの世界は、わたしと葉月くんをつなぐ糸。それがなくなってしまうなんて……絶対に嫌だ。

「ねえねえ美波」

うしろからちょんちょんと背中をつつかれる。麻子だ。

「今日のロングホームルーム、文化祭の話し合いなんだって。高校入ってはじめての文化祭じゃん？　めっちゃ楽しみ」

「文化祭……。そっか、来月だね」

文化祭は、十一月の後半、二日間かけて行われる。わたしも中学生のころ、見に来た。やっぱり高校の文化祭は華やかだなあと、憧れを覚えた。

「クラスの出し物決めるのかな？」

「そうじゃない？　あたしはベタにカフェとか喫茶店系がいいなあ」

麻子は手にしていたペンを指先でくるくるまわした。

「でも、忙しそうだよね」

「まあね。店番っていうか、シフトみたいなのもあるだろうしなあ。卓己と一緒にまわりたいから、時間合わせなきゃ」

まだカフェ系の出し物をすると決まったわけじゃないのに、麻子はもうそんなことで悩んでいる。思わず、くすっと笑った。

「ってか美波もふたりでまわるでしょ？」

「え？　誰と？」

一瞬、葉月くんの顔が浮かんで、どきっとしてしまう。

「もーっ。やだなあ。雄哉に決まってんじゃん」

麻子はぷーっと頬をふくらませた。

「ねえねえダブルデートだけどさ、また行こうって言ってたじゃん。映画でいいよね？」

「わたし、行けないって言ったよ」

「忙しいの？　じゃ、文化祭終わってからにする？　ってかさ」

麻子はもてあそんでいたペンを、机に置いた。

「雄哉、ちょっとへそ曲げてるみたい。美波の気持ちが見えないとか、なんとか」

そういえば最近、野田くんからのメッセージが来ない。そのことに、いま思い当たる。

「気持ちが見えないもなにも」

つきあってるわけじゃないし、つきあおうとも言われていない。友だちとしてだって、まだまだ浅いというか、わたしの警戒心は抜けない。

「美波さあ、あんまり焦らしてばかりだと、雄哉の気持ち離れちゃうよ。美波ってそういうテク使う子だったんだって、ちょっと意外っていうか、残念っていうか」

「え？」

なにを言ってるの？

チャイムが鳴る。教室のみんながあわただしく自分の席に戻る。わたしも前を向いた。でも、心臓はどくどく鳴っていた。

残念。

残念だと言われたのに、わたしの気持ちを占めていたのは、「嫌われる不安」じゃなかった。

わたしの気持ちを、勝手に決めないで。

わたしは野田くんのことを、好きなわけじゃない。

仮につきあおうと言われたとしても、つきあえない。彼氏彼女になれないなら友だちとして仲良くするのは無理だと言われたら、それはそれでかまわない。

わたしには好きな人がいる。麻子には否定されたけど、わたしの気持ちは揺らがない。きっぱり言わなきゃ。

伝わらないなら、伝わるまで言う。あきらめちゃダメだ。

授業が終わって休み時間になると、わたしは鞄からスマホを取り出した。

麻子あてに、長文を打ち込む。


――ダブルデートには行けません。用事があるとかじゃなくて、もう行くつもりはないんだ。

麻子がわたしのためを思って野田くんを紹介してくれたことには感謝してる。だけど、わたしは野田くんのことを、どうしても友だち以上に思えない。それはきっとこの先も変わらないと思う。

単にみんなで遊びに行くんだったらいいんだけど、わたしと野田くんをくっつけるためだったら、行けない。ごめんなさい。


送信。

麻子は廊下に出て、森尾くんと話している。森尾くんはこうして、少しの休み時間でも麻子に会いに来る。会いたくて、顔が見たくてたまらないんだろう。わたしは野田くんにそういう気持ちを持つことは、これからもきっと、ない。

休み時間が終わっても、午前中の授業が終わって昼休みになっても、放課後になっても、既読はつかなかった。まあここは学校だし、みんな守ってないけど、本当は校内でスマホいじるの、禁止だし。

「麻子、今日、スマホ持ってきてる?」

帰り際、聞いてみた。麻子の顔に「?」マークが浮かぶ。鞄だとかリュックだとかをひとしきり探ったあと、

「持ってるけど、充電切れてた」

と、舌を出した。

「帰って充電したら、すぐに見て。わたし、麻子にメッセージ送ってるから」

「なあにー? そんな真剣な顔して。わかったよ、すぐ見るから。じゃね」

麻子はひらひらと手を振って教室を出ていった。せっかちな麻子は、いつも一目散に部活に行く。やってみるとマネージャーは楽しい、自分に向いていると言っていた。好きなものに対してはまっすぐな子なんだ。小学生のころからそうだった。

わたしは麻子の、そういうところが……好きだった。

部活が終わって家に帰ったら、きっと見てくれるだろう。

今日の話し合いで文化祭のクラス実行委員になった由紀ちゃんと奈緒ちゃんに手を振って、わたしも廊下に出た。ふたりともいまから打ち合わせがあるみたい。

一階に下りて靴箱まで行くと、ちょうど葉月くんが靴を履き替えようとしているところだった。

今朝のメッセージの、続きの話がしたい。

「葉月く」

声をかけようとしたところで、

「美波ちゃん」

うしろから呼ばれた。振り返ると野田くんだった。

「あ」

「いまからおれ、部活行くんだけど。練習観に来ない？」

「わたし、サッカーとか、よくわかんないから。それにジャマじゃない？　部外者がうろうろしてたら」

「結構、部外者の女子、観に来るよ？」

「それって野田くんめあてってこと？　すごいね」

野田くんはかなりモテるって、麻子も由紀ちゃんたちも言ってた。

「すごいね、か。美波ちゃんは平気なの？」

「なにが？」

「だって美波ちゃんは、おれのこと」

どさっ、と音がした。靴箱のほうを見る。葉月くんが自分の荷物を落としたみたいで、かがんで拾っている。

「わたしが、なに？」

「……なんでもない」

野田くんは煮え切らない。麻子のせりふがふいによみがえった。焦らしてばかりだと、気持ち離れちゃうよ、って……。

ぐっと、下くちびるをかみしめる。

わたしは最初から、野田くんに特別な気持ちなんて持っていない。でも、まわりからは「焦らしている」ように見えるのかも。

それって良くない。わたし自身にも、野田くんに対しても。

「野田くん。あのね、わたし」

はっきりと言うべきなんだ。たとえ野田くんからなにも告げられてなくても、野田くんはわたしのこと、もう彼女みたいに思ってるのかもしれない。わたしの自意識過剰かもしれないけど、それならわたしひとりが恥ずかしい思いをすればいいだけのこと。

流されて、自分を失ってしまいたくなんてない。

「わたしは野田くんのこと」

「雄哉、なにしてんのー？」

わたしが言いかけたのと、野田くんがほかのクラスの女子グループから話しかけられたのが、同時だった。

「雄哉、今日部活行かないの？」

あっという間に女の子たちが野田くんのそばに寄ってきて、気まずくなったわたしは、そのまま小さく身を縮めて、靴箱にささっと移動した。

帰ろう。

いくらなんでもあの輪の中には割り込めない。

あきらめて、靴を履き替える。もう葉月くんのすがたはなかった。

校舎の外に出る。空はいつの間にか分厚い雲に覆われていて、少し肌寒かった。

帰ってから、わたしは絵筆を取った。また、夢の世界を描く。完成したら葉月くんに見てもらいたかった。誰かの喜ぶ顔が見たくて絵を描くのなんて、何年ぶりだろう。

昔は、麻子にせがまれて描いていた。まんがやアニメのキャラが主だったけど。

麻子はわたしの絵を受け取ると、「すごい！　そっくり！　ありがとう」って、まるい目をきらきら輝かせていた。その顔が見たくて、わたしは何枚も描いていた。

あのときの気持ちを、ずっと失っていた。

やっと取り戻せた。でも、わたしの絵のことを知っているのは、この世にたったひとりだけ。葉月くんだけ。それでもいい。

それでも、いい……。

深夜まで絵を描いていたわたしは、絵筆を持ったまま、うとうとと船をこいでいた。

そして。

わたしは水の中に落ちた。落ちて、ゆっくりと沈んでいく。

2

無数の空気の泡に包まれながら、そっと降り立ったのは、プールサイドだった。

学校の屋外プールには、水がなみなみと入っている。水泳授業のない十月なのに、びっくりするぐらい透明な水で、底にもいっさい汚れはたまっていない。森の奥の湧き水のように、手で掬《すく》って飲めそうなほど澄んでいる。

「あっ」

わたしがいる場所と、プールをはさんで反対側に、葉月くんがいる。葉月くんはしゃがんで、水の中に手を浸している。

まだ会える。まだ、わたしたちはこの世界でつながっている。

わたしは駆けた。プールサイドを、葉月くんのもとへ向かって。

「葉月くんっ」

「プールでは走るなよ。小学生のとき、先生に言われなかったか?」

葉月くんは立ち上がった。

「まだこの世界、無事だね」

「……ああ」

葉月くんは、わずかにわたしから目をそらした。

「?」

嬉しくないんだろうか。いつも通り、この世界に〝落ちて〟こられたこと。

「一過性のものだったのかもね、チューニングがずれていたのって。なにかのはずみで、またもとに戻ったのかも」

「さあ。それは……どうだろうな」

葉月くんの声も、表情も、どこか硬い。

「わたしはもとに戻ってほしい」

葉月くんはちがうの?

思わず、うつむいた。葉月くんの様子が、なんだかおかしいから。

この世界で出会う前の、教室で声をかけても逃げていた、あのころの葉月くんみたいだ。わたしとのあいだに、うすい壁のようなものがある。

わたしはしゃがむと、プールの水に片手を浸した。じんと痺《しび》れるほど冷たい。

ゆらゆらと手のひらを水の中で泳がせると、葉月くんに向かって、思いっきり掬って投げつけた!

きらきらと、水しぶきが舞う。

「うわっ」

葉月くんはとっさに後ずさった。それでも、制服のズボンのすそがぬれてしまった。

「なにすんだよ、いきなり」

「だって元気ないんだもん、葉月くん」

というより、どこかよそよそしい。わたしの目を見ないし。でも、わたしはあえて「元気がない」という言い方をした。

「元気のない人間にする仕打ちか？」

葉月くんは自分の前髪をくしゃっとかき上げると、ぱっとわたしに背中を向けて、水道のほうへ歩いていく。

怒った？　の、かな。

と、思った瞬間。

「仕返しだからな」

葉月くんはプールサイドの水道から伸びたホースを、わたしに向けた。

「えっ、ちょ、やめてっ」

水がかかる！　と、とっさに目をつぶって顔をそむけたけど、いっこうに水は飛んでこない。

「……？」

おそるおそる目を開けると、葉月くんはホースを持ったまま、笑いをかみ殺している。

「だました、の?」

「いきなりプールの水かけてくる奴よりマシだろ」

葉月くんはからだをくの字に追って、くっくっと笑いはじめた。

「ひどっ……」

でも、ほっとした。いつもの、〝夢の中の〟葉月くんだ。

うす青いたそがれの空気の中、プールの水面が揺らめいている。風が吹いて葉月くんの髪を揺らす。

葉月くんは靴を脱ぎ、靴下も脱ぎ、自分のズボンのすそをまくり上げると、プールサイドに腰を下ろし、足を浸《つ》けた。

「気持ちいー」

ぱしゃぱしゃと足を上下させている。細かい水しぶきが舞った。

「わたしもっ」

ぱぱっと裸足《はだし》になると、葉月くんのとなりに腰かけて、わたしも足を浸けた。

「楽しいね」

冷たい水が皮膚にまとわりつく感覚がひさしぶりで、面白い。

葉月くんはなぜだか少し決まり悪そうに、そっとからだをずらして、わたしとのあいだに距離を開けた。

「わたし、そんなに近かった？」

あからさまに距離を開けられると、少し傷ついてしまう。葉月くんの秘密を知ったからって、わたし、調子に乗りすぎて勘ちがいしてしまったのかも。

「近い、よ」

葉月くんの頬がほんのり赤らんでいる。どうしたんだろう、やっぱり今日の彼はどこか変だ。

「ダメだろ、いくら夢の中でも」

「なにが？」

「おれも悪かった。自転車のうしろに乗せたり、なれなれしくしすぎた」

「え？」

「ごめんな。彼氏が勘ちがいするかもしれないから、もう、ふたりで生物準備室で会わないほうがいいよな」

葉月くんはうつむいて水面を見つめている。さっきまでバタ足していたせいで、さざ波が広がっている。

「彼氏って誰のこと？」

「今日、帰りがけ、話してただろ?」

「あ」

野田くんのことだ。

「いつも友だちに冷やかされてたしな。まる聞こえだったよ」

そういえば、ダブルデートの提案をされたときも、葉月くんがとなりにいるのに、みんなの声は大きかった。

「ちがう。野田くんは彼氏じゃないよ」

ぱしゃん、と、自分の足を水面に叩きつける。

彼氏とか、そういうんじゃない。でも、勘ちがいさせてるのかもしれない。わたしの態度が曖昧だったんだ、きっと。

「わたしが悪いんだ。全部、わたしが」

「どういうこと?」

「ん。なんでもない」

いくらなんでも、野田くんとの関係で悩んでいることなんて告げられない。

「ぜんぜん話が見えない」

葉月くんが不満げにこぼした。そして……。

「そうか。彼氏じゃ、ないのか」

小さく、つぶやいた。

わたしはうなずく。

水に浸した足が冷たい。引き上げて、いったん立ち上がろうと、姿勢を整えようとした瞬間。

「わっ」

ぐらりとめまいがして、わたしのからだが傾いた。

「坂本さん！」

葉月くんが叫んだときにはもう、わたしは水の中に落ちていた。ばしゃんと派手な音が鼓膜を叩く。

「……っ」

なにこれ、深い。足が着かない。学校のプールって、こんなに深かった？

制服のスカートに水が重くまとわりついて、浮き上がれない。まさかわたし、溺《おぼ》れる？

ごぼっ、と、大きな空気の泡がいくつも水面に向かっていく。息ができない。苦しい、息が……っ。

「美波っ！」

叫び声。そして、ばしゃんと大きな音が聞こえた。沈むわたしに伸びてくる大きな手。

わたしのからだをしっかりと抱きしめると、そのまま水面へのぼっていく。わたしは夢中でしがみついた。

「……ぷはっ！」

水面から顔を出す。思いっきり息を吸って、吐いて、吐いて、吸った。

「はあっ、はあっ、はあっ」

鼓動が速い。呼吸が整わない。

「美波！　美波！　大丈夫か！」

はっと我に返る。ずぶぬれになった葉月くんの顔がすぐ近くにある。葉月くんの髪から、しずくがぽたぽたとしたたり落ちている。

「わ、わたし……」

落ちたときは底が知れないほど深かったのに、いまは、わたしの足はちゃんとプールの底に着いている。

それだけじゃなくて。わたしは。

まるで葉月くんに抱きしめられるような恰好《かっこう》で。ぎゅっと、彼の腕にしがみついていた……。

「ご、ごめ」

かあっと全身が熱くなる。手を離そうとしたけど、

「よかった。助けられて」

葉月くんの、振り絞るようなかすれた声が降ってきて。わたしは、彼の腕に自分の手を置いたまま、もう少しだけこうしていたい、と、思ってしまった。

「ありが、とう」

髪もぬれて、冬服のセーラーも水を吸って重く冷たいのに、からだの中に熱がある。ちっとも寒くない。

息ができなくてもがくわたしを救い上げてくれたのは、葉月くん。


――坂本さん自身が、消えてなくなってしまう。それでいいの?

――坂本さんは本物だ。

――堂々としてろよ。絵が好きだって胸を張れよ。


葉月くんにもらった言葉が、小さな光となって、胸の中にともっている。

顔を上げると、葉月くんと目が合った。

「ありがとう、葉月くん」

水の中に飛び込んでわたしを助けてくれた。

つらい自分の傷をさらしてまで、わたしが失った自信を取り戻そうとしてくれた。

「ごめん。おれ、とっさに坂本さんのこと」

美波、って、叫び声が聞こえた。あれは葉月くんの……。

「なんで……謝るの?」

名前を呼んでくれて嬉しい。でも、言葉にならない。

葉月くんが好き。

気持ちがあふれてしまいそう。

伝えたい。葉月くんに、自分の口から。はっきりと、わたしの気持ちを。

「わたし」

「おれ」

わたしの声に、葉月くんの声が重なった。

わたしが見つめる葉月くんの瞳は、どこか熱を帯びている。

「おれ、気づいたんだ。おれは坂本さ……、美波、のことが」

その瞬間。

ゆらりと、大きく水面が揺れた。

「きゃあっ」

プールの底が抜ける。大きな波が立って、わたしは葉月くんから引き離される。

葉月くんが、ふたたびわたしの腕を引き寄せようと手を伸ばした。だけど水がうねっていて、あっという間に流されてしまう。

「葉月くん！」

さっきまですぐそばにいた葉月くんの輪郭が、ぶれて二重になる。ぐらりと世界が揺れて、揺れて、そして……。

ぶつりと、途切れた。

がばっと身を起こす。

息が荒い。額にも背中にも嫌な汗をかいていた。

ゆっくりと呼吸を整え、意識を現実に馴染ませる。ゆうべのわたしは絵を描いている途中で「落ちて」しまい、部屋の床に倒れ込むようにして寝ていた。

あたりは真っ暗だ。部屋の明かりはつけっぱなしだったはずなのに、どうして？

それに、激しい雨の音がする。

わたしが眠りに落ちているあいだに降り出したんだろう。それにしてもひどい雨だ。

明かりをつけようと、ふらりと立ち上がった、そのとき。ぴかっと、窓の外が光った。

とたんに、激しい雷《かみなり》の音！

「きゃあああっ」

思わず耳をふさいでしゃがみ込んだ。

ぱたぱたと足音がして、ドアが開く。

「お姉ちゃん！　大丈夫⁉」

「涼花。ごめん、わたしの悲鳴で起こしちゃった？」

わたしの部屋と涼花の部屋はとなりあっている。

涼花はぶんぶんと首を横に振った。

「ずっと雷ひどくて、怖くて眠れなかったから。停電までしちゃうし」

「ずっと鳴ってたの？　雷」

「お姉ちゃん、気づかなかったの？」

涼花はあきれたような顔でわたしを見た。

「熟睡してたみたい」

「ねえお姉ちゃん、怖いから今夜は一緒に寝ようよ。涼花の部屋に来て？」

ひさしぶりに聞く、涼花の甘えたおねだり声。いとおしくて、わたしは涼花の頭を撫でた。

涼花の部屋のベッドで、ふたり寄り添いあうように横になった。

さっきの、プールの夢。葉月くんはわたしに、いったいなにを告げようとしたんだろう。

いま眠ったら、もしかしたらまた、プールサイドに「落ちる」ことができるかもしれない。

でも。さっきの夢も、いままでとは明らかにちがっていた。プールの底が抜けたり、もとに戻ったり、また抜けたり。ずっとずっと穏やかで静かで、時折すずやかな風が吹くぐらいだったあの世界に、あんなに大きな波が立って……。

最後には、ぐらりと世界が揺れて。……消えた。

チューニングがずれている？

やっぱり、世界自体が壊れて……いる？

涼花はすやすやと寝息を立てはじめた。わたしも目を閉じる。ゆるやかに眠気が襲ってきたけど、あの世界には、もう行けなかった。

3

翌日。

ゆうべの大雨が嘘のように、空はぴかぴかの真っ青で、まぶしいぐらいだった。

朝食を取り、支度を終えたわたしは、スマホを手に、迷っていた。

また、あの世界が、おかしな途切れ方をしたことが気になっていた。二度寝したけどもう行けなくて。葉月くんはどうだったんだろう。

葉月くんにメッセージを送ってみようか。でも……。

夢の中とはいえ、そして、溺れたわたしを助けるためだとはいえ。プールの中で抱きしめあうようなかたちになってしまった。

思い出すだけで胸がどきどきと落ち着かない。

メッセージアプリのトーク画面を開いて、うだうだと逡巡《しゅんじゅん》していたら、突然ぴこんと音が鳴った。

葉月くんだ。


──おはよう。ゆうべ、雷すごかったね。大丈夫だった？

——それもあるけど。生物準備室の……水槽のことが。

——なにが？　夢の世界のこと？

——おれは平気。それより気になる。

——うん。葉月くんは？


葉月くんがどうしてアクアリウムのことを気にかけているのかはよくわからないけど、わたしもみょうな胸騒ぎがして、急いで家を出た。

校舎に入るとまっすぐ教室へは行かず、生物準備室へ向かった。佐久間先生、もう来てるかな。

ノックをすると、どうぞ、と、低くくぐもった声が返ってくる。先生だ。でも、いつもより声が沈んでいるような……。

がらりとドアを開けると、葉月くんと先生が、ふたりして水槽の前に棒立ちになっていた。

「おはよう……ございます」

そっと歩み寄る。

どうしてこんなに空気が重いんだろう？

「……あっ」

水槽に目を移したわたしは、言葉を失った。

ネオンテトラが、ゴールデンエンゼルが、ひっくり返ってぷかぷか水面に浮いている。

「どう、して」

昨日まで元気に泳いでいたのに。思わず、水槽のガラスに手をつけた。死んでしまった魚たちが、エアーにあおられて浮いたり沈んだりしている。

「ゆうべ、停電しただろう？　そのせいだと思う」

先生が静かに告げた。

「もともと魚たちの調子も良くなかったんだ。そこにきて、停電でヒーターが止まって水温が下がった。ろ過装置も止まってしまって、水中のバクテリアのバランスも変わったんだろう。魚たちは、いきなりの環境の変化に、耐えられなかったんだ」

先生は大きなため息を吐いた。

葉月くんはじっと、死んでしまった魚たちを見つめている。

「先生。わたし、放課後またここに来ます。魚たちをちゃんと埋めてあげたい」

「ああ。そうしてやってくれ」

「葉月くん」

こわごわと声をかけると、葉月くんの肩がぴくっとふるえた。

葉月くんは、停電で、これまで安定していたアクアリウムの環境が壊れてしまう可能性に、気づいていたんだ。水槽の中は、それだけ繊細な世界だったんだ……。

「ふたりとも早く教室に行きなさい。遅刻になってしまう」

先生にうながされて、わたしたちは生物準備室をあとにした。

死んでしまった魚たち。

バランスの崩れた、アクアリウム水槽。

水がうねって暴れて途切れた、わたしたちの、夢の世界。

ふたつの「水の世界」がわたしの中でリンクして、嫌な予感が止まらない。

「葉月くん。大丈夫だよね？　わたしたち、また、夢の世界で逢《あ》えるよね？」

葉月くんはなにもこたえない。

「大丈夫だよね？　これまでもいきなり途切れることはあったけど、眠ったらまた行けたもん。だからきっと、今夜も」

葉月くんは足を止めた。

「葉月……くん？」

葉月くんは、ゆっくりと、首を横に振った。

かわいそうな魚たちの白いお腹が目に焼きついて離れない。最悪な気分で教室に行くと、うしろの席の麻子が机に突っ伏している。

「おはよう麻子。大丈夫？　具合悪いの？」

「あ。……おはよ。べつに病気じゃないんだけど気分は最悪。控え目に言って絶望してる」

「なにかあったの？」

「スマホ壊れてた。ぜんぜん起動しない。充電切れてるだけだと思ってたのに、ちがった」

あーサイアク、と麻子は顔を覆った。

「さっさと新しいの買いに行きたいけど、土曜まで部活が忙しいんだよね。文化祭の準備もはじまるだろうしさ」

「そっか……。ついてなかったね」

「ついてなかったなんてもんじゃないよ！　まじで呪われてる。いっぱい撮った写真も卓己とのトークも全部消えちゃったんだよ？」

麻子は声を荒らげた。

「ごめん。そんなつもりじゃ」

わたしの返答、軽すぎたのかな。麻子を気の毒に思ったのは本当なのに。なんて声をかけるのが正解だった？

「そんな暗くならないでよ。あたしが意地悪してるみたいじゃん」

麻子は大げさにため息を吐いた。

「なんか疲れる。美波の、そういうとこ」


チャイムが鳴った。

先生が教室に入ってくる。

頭の芯がずきずきと痛んだ。わたしだって魚たちが死んでしまってショックだったのに。疲れる、って……。

わたしは右手で自分のこめかみを押さえた。

スマホが壊れたということは、わたしが昨日送ったメッセージ、当然見てないんだよね？　見られなくてよかったのかも。もし麻子があの文章を読んだら、「こんなことわざわざ長文で送ってこないでよ」って、うざがられていたかもしれない。

頭の痛みは脈打つように大きくなる。きーんと耳鳴りがして、まわりの空気がどんどんうすくなって。呼吸がしづらくて、苦しい。

——来る。

思った瞬間、わたしは落ちた。

青くて透明で、静かで穏やかで。現実と鏡写しのようにそっくりなのに、どういうわけかわたしと葉月くんしか存在しない、あの世界――。

――じゃ、なかった。

暗い、黒い渦だった。

水が渦を巻いている。わたしは落ちて、飲まれて、渦の奥に引きずり込まれそうになって――。

はっと目を開けた。心臓がバクバクと激しく脈打っている。

「どうした坂本？　顔色悪いぞ？」

先生の気遣うような声がして、わたしはか細い声で「大丈夫です」と答えた。息を大きくゆっくりと吸って呼吸を整える。やがて鼓動も静まり、頭の痛みもやわらいで消えていった。

なんだったんだろう、さっきの。

〝発作〟が来たのに、わたしがいざなわれたのは、いつもの世界とはまるでちがう、怖ろしい渦だった。

どういうこと？

やっぱり、あの〝夢の世界〟は。壊れて……しまった？

アクアリウムが壊れたように。なにかのバランスが崩れて、あの青い世界は、霧《きり》のように消えてしまったの？

信じたくない。

現実がどんなに息苦しくても、いったんあの世界に沈み込めば、わたしは楽になれた。のびのびと呼吸ができた。そしてわたしは、葉月くんと出会った。

少しずつ、葉月くんに本当の気持ちを打ち明けられるようになってきたのに。

わたしたちだけの、美しくて静かな夢の世界。

なのに、もう、二度と行くことはできないの?


ぐるぐる考えているうちに、一日の授業が終わった。

うちのクラスは文化祭で「昭和レトロ喫茶」をすることになって、今日のホームルームの時間に役割分担が決まった。明日の放課後から、さっそく文化祭の準備がはじまる。忙しくなる。

今日も打ち合わせのために居残りをする由紀ちゃんたちに手を振って、教室を出た。麻子とは気まずいままだ。お昼も、今日は森尾くんとふたりで食べるとかで、わたしたちとは一緒にいなかった。

今朝の麻子はきっと、いつもよりいらいらしていたんだ。大事なスマホが壊れたんだもん、落ち込んで当然だ。

でも、いまは。麻子の〝事情〟を汲《く》む余裕は、わたしにはない。わたしの心だってひりひり痛んでいる。

わたしはいまから、死んだ魚たちを埋める。

生物準備室のドアを開けた。

魚たちがいなくなった水槽の中で、水草の森がゆらゆらと揺らめいている。先生がタモで魚やエビたちの亡骸《なきがら》を掬い、実験用のシャーレに移した。

「ちょうどいい容れ物がこれしかなくて」

先生は申し訳なさそうに肩を落とす。

「学校の敷地に埋めてもいいですか?」

「ああ」

動かなくなった魚たちを載せたシャーレを持って、外に出ようとすると、ドアの外に葉月くんがいた。

「一緒に……埋める?」

葉月くんはうなずいた。

中庭の、銀杏の木の根元のあたりの土を、用具室から借りた小さなスコップで掘り起こしていく。

銀杏の紅葉は桜のそれより遅くて、通学路の坂道の桜は半分以上散ってしまっていたのに、銀杏はいままさに色づきはじめたところで、葉っぱから青の色素が徐々に抜けていくみたいに、黄色く染まりつつある。

魚たちを葬《ほうむ》った、この場所に。もうすぐ金色の銀杏の葉がたくさん落ちて、やわらかく覆ってくれるだろう。

葉月くんとふたり、手を合わせた。

生き物の命は、こんなにも儚《はかな》い。広大な海の中ならそうそうバクテリアのバランスなんて変わるものじゃないだろうけど、小さな水槽、人が作った〝ミニチュアの海〟だ。少しの変化で簡単に崩れ落ちる。

だけど水槽の中には〝敵〟はいない。相性のいい生き物たちをえりすぐって住まわせるから。食べられることも傷つけられることも、逃げまわることもない。

葉月くんが、そっと立ち上がった。つられるように、わたしも立ち上がる。

茶色がかった髪が陽に透けていた。その目は、空の向こう、どこか遠くへと向けられている。

「あの」

彼の、どこか淋しさをまとった横顔に、話しかける。

「昨日の夢の中で、なにを……言おうとしていたの？」

溺れたわたしを助けたあと、葉月くんはなにかを言いかけた。言いかけたところで、いきなりプールの底が抜けたのだ。

葉月くんは、ゆっくりと首を横に振った。もういいんだ、とでも言いたげに。

「でも、気になる」

葉月くんは胸ポケットからメモ帳とペンを取り出した。葉月くんが自分の言葉をメモに書きつけるのを待つことにも、もうすっかり慣れていた。

『アクアリウムは壊れた。あの世界も、もう、消えてしまったのかもしれない』

「どうして？　あの水槽と、夢の世界がリンクしてるってこと？」

『わからない。……でも、あそこにはもう、二度と行けない。そんな気がする』

わたしは目を伏せた。わたしも実は、そんな予感がしていた。今日、学校で〝落ちた〟のに、あの場所へ行けなかったことで、予感は確信に変わりつつあった。

「わたし、実は……。夜寝てるとき以外も、あの世界に行くことがあったの。発作みたいに、いきなり一瞬で眠りに落ちちゃって。気づいたら現実から離れてる」

葉月くんは目を見張った。

やっぱり、発作で〝落ちて〟いたのは、わたしだけみたいだ。

「わたし、あの世界に逃げてたんだよ。現実が息苦しくなって、瞬間移動するみたいに、とっさに誰もいない世界に逃げてた」

冷たさを含んだ風が、そっと頬を撫でていく。頭上で、銀杏の葉っぱがこすれあう音が響く。

「でも、葉月くんと出会ってからは……」

単なる〝逃げ込める場所〟じゃなくなっていた。あの世界は、葉月くんとふたりだけで過ごせる、唯一の場所。葉月くんは、時折鋭いことも厳しいことも言うけど、わたしはけっして嫌じゃなかった。全部、本当のことだったから。

気づいたら、わたしは、自分の弱さも、過去の傷も、そして、ずっと秘密にしていた絵のことまでも——打ち明けてしまっていた。

葉月くんに会いたくて、話したくて、わたしは眠るのを心待ちにしていたんだ。

なのに……。

葉月くんは、わたしに、そっとメモを見せた。

『ごめんな。おれのせいだ』

どう、して……？

葉月くんはメモをめくる。ペンを動かす手が、時折止まりそうになる。息を詰めて、彼の言葉を待つ。

『あそこは、おれの心の深い場所と、坂本さんの心の深い場所がなにかの偶然でつながって現れた、奇跡の場所だったのに』

つぎのページへ。

『おれにとってもあそこは逃げ場所で、癒《いや》しの場所だった。あそこではなぜかちゃんと声が出た。だからおれは、自分の声を忘れずに済んだ』

そうだ。あの世界がなくなってしまったら、葉月くんは。

もう、〝自分の声で〟話すことができなくなってしまう。

ぱらり、とメモがめくられる。葉月くんは一瞬、目を閉じると。なにかを決意したように、ペンを動かしはじめた。

『でも、もう消えた。おれが坂本さんの逃げ場所を、うばった』

「ちょっと待って、なんで？　なんで葉月くんのせいになるの？」

葉月くんは哀しげに笑った。その唇が、ゆっくりと、大きく動く。

ご、め、ん、な。

――ごめんな。

「葉月く……」

踵《きびす》を返して、葉月くんがわたしのもとから立ち去る。遠くなっていくその背中を、わたしは呆然と見つめていた。


その日から、葉月くんはわたしと距離を置きはじめた。

メッセージにも返信はない。

夢の世界も消えてしまった。嫌な予感は当たったみたいで、もう二度と、ベッドで眠ろうが、昼間うたたねをしようが、あの世界に〝落ちる〟ことはなかった。

7. 本当の自分、現実の「青」

1

文化祭の準備が本格的にはじまって、放課後も生物準備室に行けない日が続いた。部活で忙しい生徒は放課後の作業を免除されていたけど、代わりに昼休みを使って、少しずつできることを進めていた。

麻子はあれから新しいスマホをゲットし、わたしにも、何事もなかったかのように明るく話しかけてくるようになった。

我がクラスの展示、「レトロ喫茶」で出すドリンクとスイーツは、ペットボトルの紅茶とかクッキーとか、市販の、傷みにくい安いものだけど、その代わり衣装と内装は凝《こ》ろうということになって。わたしは教室の壁に貼る、昭和レトロな看板風ステッカーとか、ポスターなどを作る係になった。

麻子が推したんだ。「美波はなんでも描けるでしょ」って。「何年も描いてなかったから無理だよ」って、笑顔でごまかして衣装係に逃げようとしたけど。

美術部の子が描いた下絵を、ポスターカラーでべた塗りしていくだけでいいとほかの子に言われて、それなら大丈夫だよと引き受けた。

唯一、わたしが絵を続けていると知っている人——葉月くん、は、教室の隅でテーブルクロスを作っている。クロスは、縫《ぬ》わずにアイロン接着テープで端処理《はししょり》をして簡単に仕上げる。ひとりもくもくと、葉月くんはアイロンを動かしていた。

避けられているのはわかっているのに、つい、目で追ってしまう。

夢の中では「美波」と呼んでくれたのに、魚を埋めたあの日は、また「坂本さん」に戻っていた。縮まった距離が、また開いて……それどころか、完全に断ち切られてしまった。

わたし、葉月くんを怒らせるようなこと、した？

葉月くんは、自分のせいで夢の世界が消えたって言ってたけど、それって本当なの？

本当は、わたしのせいなんじゃないの？

だから葉月くんは怒ってるんじゃないの？

前も一度、似たようなことがあったし。わたしが絵のことで嘘を吐いて、その日夢の世界に行けなくて、葉月くんは「おれが怒っていたから」と言った。

だからほんとは、わたしが……。

「坂本さん、これ、塗ってくれる？」

話しかけられて、はっと我に返った。美術部の川嶋《かわしま》さんに下絵を渡される。鉛筆でうすく指定の色が書き込んである。これに従って塗ればいい。

機械的に、ただ、絵筆を動かし続ける。均一にむらなく塗るのも、簡単そうに見えて実は難しい。自宅でこそこそ描いている水彩画とはぜんぜんちがうけど、やっぱり楽しくて。でも、夢中になっていることが顔に出てしまわないように注意しながら、わたしは色塗り作業を続けた。

こんなふうに、それなりに毎日は過ぎていったけど。

わたしの心には、ぽっかりと穴が開いていた。

家に帰って、部屋でひとりになると、急に、その穴の存在が増して。淋しくて、むなしくて、でも家族の前では笑顔を作って〝普段通り〟に振る舞っていた。

わたし、また、振り出しに戻ってしまった。

葉月くんと出会って、少しずつ、自分が変わっていけるような気がしていたのに。絵のことも打ち明けられたし、麻子にもちゃんと自分の気持ちを告げようと、踏み出そうとしていた。……なのに。

お風呂上がり、部屋の窓を開ける。冷たい風に少しだけ混じる、冬の気配。空には輪郭のくっきりした月が浮かんでいる。

葉月くんと話したい。

葉月くんに、自分の気持ちを伝えたいって、好きだと言いたいって、思ったのに。それと同時に、かけがえのないふたりの世界を失ってしまうなんて。

そう考えて、はっとした。もしかして、そのせい？

わたしが「好きだ」って言おうとしたから？

あの夢の世界は、わたしの心と、葉月くんの心が重なり合って生まれた。

葉月くんは、わたしの気持ちを、心の奥の奥——自分でもわからないぐらい深いところで感じ取って、拒否したの？

そういう「好き」ならいらない、迷惑だって。

だからあの世界ごと、消してしまった……？

——わからない。でも、わたしは葉月くんと話したい。また自転車のうしろに乗せてもらいたい。キンモクセイの木の下で寝転びたい。葉月くんの声が聴きたい。

この気持ちを消してしまえば、またあの世界は戻ってくる？

窓を閉めて、カーテンも閉めた。

すがるような気持で、ベッドに入る。布団をかぶって目を閉じる。でも、やっぱり、わたしは〝落ち〟なかった。夢すら見ずに、わたしはただ、眠っていただけだった。

朝の光を浴びるたび、絶望的な気持ちになる。また憂鬱な一日がはじまる。

文化祭の準備は楽しいけど、思いっきりのびのびと絵を描きたい気持ちをかえって刺激されて……時々しんどくなる。

堂々としてろよ、って、葉月くんは言ってくれたのに。

相変わらずダメダメだ。

また、叱ってほしい。励ましてほしい。夢の中でもいいから。

頭の中が葉月くんのことでいっぱいになる。逢えない、話せないと、ますますせつなさがつのっていく。

授業にも集中できず、ぼんやりと黒板を見ていた。

数式がつぎからつぎに書き込まれていく。みな、かりかりとシャーペンを動かしてノートをとっている。我に返って、わたしも急いでノートに数式を書き込みはじめたけど……。

ふと、手が止まった。

窓側、前から三番目の席。

茶色がかった髪がさらりと揺れる。

その瞳は冷たく、一見、他人を拒絶してるみたいに見えるけど、本当はちがう。

本当は、葉月くんはたくさん笑う。心の中は海みたいに豊かで、すてきな世界をつむぐことができて……。

なにより。わたしにたくさんの言葉をくれた。葉月くんがわたしの心の中にわだかまっていたしこりを、いつだって見透かしてくれていたのは、わたしたちが本当は似たもの同士だったから。

また、話したい。

わたしの手は数式を書き込むのをやめた。

代わりに、なめらかな線を描く。少しとがったシャープなあご、たまご型のすっきりした輪郭、さらりとした髪、照れると赤く染まる耳たぶ。

水晶玉のように澄んだ瞳。

笑うと出現するえくぼ。

わたししか知らない……。

音が消えた。自分が無になっていく感覚。この教室にいるのはわたしと葉月くんだけで、わたしは、葉月くんの本当の姿を映し取るように、夢中でシャーペンを走らせる。

「……本。坂本」

低い声が聞こえた、気がした。だけど手は止まらない。

つん、と、うしろからなにかがわたしの背中をつつく。

麻子?

はっとして顔を上げると、怒りに燃えた先生の顔がわたしを見下ろしていた。授業のたびに、答えをまちがえた生徒をいつまでもねちねちと叱っている内田先生。

「あ……」

「坂本。そんなにお絵描きが楽しいか？　ずいぶん集中していたみたいだが」

「こ、これは」

血の気が引いた。さっと両手で描いていたものを隠す。だけど先生の手は、わたしのノートを無理やり取り上げた。

「ほう？　うまいじゃないか」

先生はにやりとくちびるの片端を上げて、ノートをわたしの頭上に掲げる。

とたんに、教室が揺れた。

「なにあれ。葉月？」

「ってか坂本って絵描く人？」

「つーかなんで葉月？　こっそり描いてんの、やば」

「え？　待って待って、坂本さんって、まさか葉月くんのこと……」

ざわめきが渦みたいにぐるぐるとわたしの耳の奥でまわる。

終わった、わたし、完全に終わった。

わたしの絵が、さらされた。しかもわたしが描いていたのは……葉月くん。

「美波……。なんで？」

麻子の声。背中からわたしを刺すみたいに、麻子の戸惑いに満ちた声が、わたしに届く。

立ち上がって否定したい。先生からノートを取り返したい。

葉月くんも見たよね？

隠れてこんなものを描いていたなんて、気持ち悪すぎるよね？

ごめん。ごめんねちがうの、わたしはただ。ただ……。

息が苦しい。みんなのざわめきが、先生の嫌味が、渦になってまわる。どんどん呼吸が浅くなって——。

わたしの意識は現実から離れた。


離れて落ちたのは、黒い沼だった。ねっとりした水が渦を巻いている。

この前落ちたときと同じだ。もう、あの安らぐ青い世界には行けない。それどころか、わたし……。

渦に飲み込まれる。黒い水が口に、鼻に、入ってきて息ができない。

飲まれてしまう。溺れてしまう。

浮き上がりたい、早く、早く。わたしは全身の力を振り絞って手を水面に向かって伸ばした。

伸ばして、もがく。

苦しい。助けて、助けて――。

そのとき。ひんやりとしたなにかが、わたしの頬に触れた。

冷たくて、大きくて……。

ぱちっと、目を開ける。

天井で白く光る蛍光灯《けいこうとう》が、まっさきに視界に入った。消毒薬の匂いが、つんと鼻を刺す。

ほおに触れた「なにか」の感触は、もう消えていた。でもさっき、確かに。

ゆっくりと体を横に倒すと、

「葉月……くん」

葉月くんの心配そうな顔が、すぐそばにある。

「わたし、授業の途中で〝落ち〟て……。それから……」

ゆっくりと脳が回転をはじめる。ここは保健室だ。わたしはベッドに横になっている。教室で意識を飛ばしたあと、誰かがここに運んできてくれた？

そして、その「誰か」は……。

「葉月くん？」

葉月くんは小さくうなずいた。

「ありがとう。わたし……勝手にあんな……」

思い出すだけで恥ずかしくて、葉月くんの目を見ることができない。

「気持ち悪かったよね？」

葉月くんはゆっくりと首を横に振った。

その手が自分の胸ポケットを探るけど、いつものメモがなかったのか、あきらめたように葉月くんは自分の後頭部をわしっとかいた。

そして。

口を大きく動かす。

——う、れ、し、い。

「うれしいって……言った？」

葉月くんはうなずく。

「嘘。嫌だったでしょ？　気持ち悪かったでしょ？　だって葉月くんは」

心の奥底では、わたしに芽生えた気持ちを疎《うと》ましく思っている。唯一自分の声で話せる、あの場所を壊してしまうほどに。それに、

「ずっとわたしのこと、避けてたでしょ」

葉月くんは口を開いた。

——ご、め、ん。

ごめん、か。理由を知りたいけど、聞くのが怖い。それに、いまこうしてそばに

いてくれる、その事実だけで、もう充分だって、わたしは思った。

葉月くんはさらになにかを言おうとしている。

「なに?」

くちびるがぱくぱくと動くけど、さっきみたいにシンプルな単語じゃないみたいで、なにを言っているのか読み取れない。

「ゆっくりでいいよ」

わたしがそう言うと、葉月くんは、自分を落ち着けるみたいに、息を軽く整えた。

ふたたび、くちびるが動く。わたしも、じっと目をこらして読み取ろうとするけど、わからない。

葉月くんは、深く息を吐くと、そのまま口をつぐんでしまった。

沈黙。

すると、衝立《ついたて》代わりのカーテンの向こうから、

「坂本さん、目が覚めたの?」

と、やわらかい声が飛んできた。はい、と返事をするとカーテンが引かれた。

養護の先生だ。

「よかった、顔色も良くなってる。あなた、ずっとうなされてたんだから。葉月くんが授業に戻らずに付き添ってくれてね……」

思わず、葉月くんを見る。耳たぶが、赤く染まっている。

「寝不足なの？」

先生に聞かれた。

「いえ、そういうわけじゃ……」

「今日は早退する？」

どうしよう。

わたしの絵がみんなの前にさらされた。しかも描いていたのは男の子、葉月くんの絵……。

教室に戻ったら、みんながわたしをどんな目で見るか。

由紀ちゃんが、奈緒ちゃんが、……麻子が。わたしになんて言うか。

ここで帰ったらまるで逃げているみたいだけど、でも、わたしはきっと耐えられない。

「先生、わたし、早退しま」

す、まで言い終わらないうちに、強く手首をつかまれた。葉月くんだ。ひんやりとした、大きな手。

葉月くんがわたしの目をじっと見つめる。口が大きく動く。

「さ、ん、す？」

葉月くんは首を横に振った。

「や、ん、す?」

ふたたび葉月くんはじれったそうにかぶりを振った。わたしたちのやりとりを見ていた先生が、自分のデスクからなにかを持ってきてくれた。

紙とペンだ。

「ありがとうございます、先生」

先生はにこっと笑うと、ふたたびカーテンを閉めて、ふたりだけにしてくれた。

葉月くんは、さっそく紙になにか書きつけた。

『チャンス』

チャンス?

「さっき言いたかったのって」

葉月くんはうなずいた。そして、ふたたびペンを取る。

『絵を描いていることを打ち明ける、チャンスだ』

打ち明けるって、誰に?

まさか。

具体的な名前は明かしてないけど、わたしは、絵の悪口を言ってきた子と、いまでも仲良くしていると話していた。だいたいの見当はついているのかも。

葉月くんが紙にさらさらと文字を書き込む。

『いまから書くのは、絵を見たおれの感想』

ぱっと掲げて見せたあと、ふたたび葉月くんは紙に文章をつづりはじめる。しばらく待ったあと、葉月くんはその紙をわたしに寄越した。

『やっぱり坂本さんの絵には力がある。先生が絵を掲げた瞬間に、みんながおれの絵だって理解した。それってすごいことだ。おれも驚いた。単にそっくりってだけじゃなくって、なんだか……。

おれって、こんなにやわらかくて優しい顔、してるときがあるんだなって。気づかされた。じんと来たんだ。本当だ』

葉月くん……。

一番はじめの「うれしい」っていう言葉、信じていいんだね。

よかった。クラスのみんなが、わたしが葉月くんの絵を描いていたことを気持ち悪いと思っても。ほかならぬ葉月くん本人から、こんなに沁《し》みるすてきな感想をもらえた。

だからわたしは……、大丈夫。

もう一度読み直そうと一行目に視線を戻すと、葉月くんがふたたびわたしから紙をさらった。

「え？」

ペンでなにか書きつけている。そっけなく渡された紙には、

『絵のことでグダグダいじってくる奴がいたら、おれが蹴とばす』

とあった。

「ダメだよ蹴っちゃ」

言い返すと、葉月くんはむっと口を引き結んだ。その顔が拗ねてるみたいで、わたしは小さく吹き出してしまった。ますますむっと眉を寄せる葉月くん。

「ありがとう。わたし、教室に戻るね」

チャイムが鳴った。授業時間が終わったんだ。

2

教室の前まで来て、ドアを開けたところで、葉月くんはわたしの背中をとんっと押した。わたしの足が自然と一歩、前へ踏み出すかたちになる。

教室にいるみんなの視線が、一瞬でわたしに集まる。いたたまれなくて、身をすくめる。

心細くて、小さくうしろを振り返ると、葉月くんはゆっくりとうなずいた。

それだけで、わたしの心はあたたかくなる。

ありがとう。わたし、がんばるね。

教室に入ってからは、ひとりで大丈夫だから。わたしは葉月くんに、そう告げていた。

ゆっくりと自分の席へ戻る。うしろの麻子の席には、由紀ちゃんと奈緒ちゃんがいる。麻子と三人で寄り集まって、わたしをじっとりとにらんでいる。

どくりと心臓が鳴った。

三人の空気が、いつもとぜんぜんちがう。

由紀ちゃんが麻子に顔を寄せて、なにかひそひそ耳打ちしている。どくどくと心臓が嫌な音を立てる。

大丈夫。わたしはなにも悪いことはしていない。いまが、自分のことをわかってもらうチャンスだ。

「みんな。わたし」

「美波、葉月と、どういう関係なわけ？」

わたしの声にかぶせるように、由紀ちゃんが口を開いた。その声が冷たい。

「もうみんな、美波と葉月がつきあってるって思ってるよ」

吐き捨てるように言ったのは、奈緒ちゃんだ。

えっ。つきあってる？　なんで？

「だってさ、美波が授業中にこっそり葉月の似顔絵描いて、しかも葉月は気を失った美波を保健室に運んでって、授業終わるまで帰ってこなかったんだもん。確定でしょこれ」

奈緒ちゃんが小さくため息を吐きながらわたしを見やった。

「ちがうよ、わたしたち、つきあってなんかない」

「はあーっ⁉」

由紀ちゃんがあきれたような声をあげた。

「葉月さあ、美波のこと抱きかかえて教室出ていったんだよ？　お姫様抱っこだよお姫様抱っこ！　あの葉月が！　告ってきた女子を冷たく無視する葉月がっ！」

由紀ちゃんが一気にまくし立てる。お姫様抱っこ、というワードにクラッとする。ぜんぜん記憶はないけど、想像しただけで顔が熱くなる。

「本当に、ちがうの。わたしね、いままでも授業中に時々気分悪くなってたんだけど、葉月くんは、このあいだまでとなりの席だったから、そのこと知ってて。今回もいち早く気づいてくれてたんじゃないかな」

適当な言い訳を並べた。実際は、わたしが彼に「発作のように落ちることがある」と伝えていたから、きっとあれがそうだって、とっさにわかったんだと思う。

「ホントかよ」

あざけるような声がわたしの耳に届く。麻子だ。

「ま、ありえないけどね。美波と葉月なんて」

麻子はうすい笑みを浮かべた。

「美波は雄哉のことが好きなんだし。ほかの男子にもちょっかいかけるとか、美波に限ってありえないでしょ」

「まあね。男子に免疫ない美波が、そんな器用なことできないか」

由紀ちゃんが小さく笑う。奈緒ちゃんも笑った。

「あ、あのっ」

麻子だけじゃなくて、由紀ちゃんも奈緒ちゃんも、わたしが野田くんのことを好きだと思い込んでいる。いま、きっぱり否定しないと。

「わたし。葉月くんともなんでもないけど、野田くんとも、なんでもないから」

麻子の眉がぴくっと動く。

「麻子。わたし、野田くんのこと、なんとも思ってないから！」

「……ふうん」

麻子は口の片端をつり上げた。

チャイムが鳴る。

「やば、つぎ日本史だよね？　美波、またあとでゆっくり話聞かせて」

由紀ちゃんと奈緒ちゃんは自分の席へ戻っていった。わたしも席につこうとしたら、麻子に強く腕を引かれた。

「あたしにも、いろいろくわしく聞かせて」

麻子は笑顔だけど、目の奥が笑っていない。

「昼休み、ゆっくり」

低い声で、わたしにそう告げた。

お昼ごはんは、ほとんどのどを通らなかった。早々にお弁当を仕舞う。由紀ちゃんと奈緒ちゃんも口数少なく、空気は鉛みたいに重い。

麻子が自分のお弁当のふたを閉めた。

「美波」

「……うん」

由紀ちゃんはじめ、クラスのみんなの関心事は、もっぱらわたしと葉月くんのこと。わたしは覚えてないけど、葉月くんの「お姫様抱っこ」のインパクトで、わたしの絵のことはもうみんなの頭から吹き飛んだんだと思う。

でも、麻子はそうじゃない。

わたしは麻子と連れ立って教室を出た。

この階の端っこにある、空き教室に入る。あちこちにうっすら埃《ほこり》が積もっている。

「あのさあ。どういうこと?」

麻子は腕組みをして、わたしをねめつけた。

「あたし、美波も雄哉のこと好きだって思ってたんだけど」

「ごめん。何度もちがうって言おうとした。友だち以上に思えない。もうダブルデートにも行くつもりないって、メッセージも送ったけど」

「あたしのスマホが壊れた、あのときの?」

わたしはうなずいた。

「雄哉より葉月のほうがいいなんて、まじでありえないから」

麻子はため息を吐く。

「前も言ったよね？」

脳裏に、葉月くんの、少し右肩上がりの文字が浮かび上がる。

——チャンス。

そうだ、これはチャンスだ。

いままでずっと、言いたいことが言えなかった。そんな自分が嫌だった。

いま、ここで麻子に本音をぶつけられなかったら、わたしは一生、意気地なしのまま。

ちゃんと伝えなきゃ、〝わたし〟が消えてなくなってしまう。

「麻子にとってはありえなくても、わたしにとってはちがう」

最初からきっぱり言うべきだった。わたしの気持ちを決めつけないで、って。心の中でいくら思っていたって伝わらない。ちゃんと、面と向かって、はっきり言わなきゃいけなかったんだ。

麻子は挑《いど》むようにわたしを見つめている。わたしはもう、迷わない。

「……まさか、本気なの？」

ゆっくりとうなずいた。わたしの気持ちは、揺るがない。

「いや、でもさあ」

麻子は口の端をゆがめた。

「美波も悪くない？　だって、けっこう思わせぶりだったし。やっぱ美波は雄哉がいいんだなって、そりゃそうだよねってあたしも思ったし」

「それは」

麻子が言うように、わたしの態度、曖昧だったのかもしれない。

だけど。

「わたしも悪かった。でも……葉月くんが好き。その気持ちは本物だから」

言い切ると、麻子は大きくため息を吐いた。

「じゃあもうなにも言わないけどさ。雄哉には自分でちゃんと言ってよね？　美波のことはどこまで本気かわかんないけど、あいつプライド高いから、葉月みたいなタイプには負けたくないだろうって思う」

「うん」

野田くんにも、きちんと話をしなきゃ。ちゃんと伝えなきゃ。そして。

「麻子」

わたしには、もうひとつ。麻子に、伝えたいことがある。

「絵のこと、だけど」

ぎゅっと、自分の手のひらを握りしめる。

麻子は、ふうっと大きく息を吐いた。

「びっくりしたよ。美波、なんでやめたなんて嘘吐いてたわけ？　べつにいいんだけど。美波が絵がうまいって、あたしは知ってたんだし。むしろなんで描かないんだろうって思ってたぐらい」

なんで描かないんだろう？

ずきんと、胸に杭《くい》が刺さる。

「隠れてずっと描いてたの？　なんで、もう飽きたとか、嘘吐く必要あんの？　まじで意味わかんないんだけど」

「意味、わかんない？　ほんとに？　麻子」

「え？」

「麻子、わたし、聞いてたんだよ。知ってたんだよ、全部。昔、麻子が裏で、わたしをどんなふうに言ってたか」

心臓がどくどくとふるえていた。

あのときのことを麻子に確かめるのが怖かった。できればこのまま、なかったことにしてしまいたかった。でも、もう、そんなこと言ってられない。

わたしは前に進みたい。あのときの、あの傷を、乗り越えたい。

「裏で？　あたしが？　どういうこと？」

麻子の目に戸惑いの色が浮かんだ。

「覚えてない？　中二の……ちょうどいまごろ。放課後、クラスメイトとわたしの話、してた。わたしの絵のことを」

思い出すと息が止まりそうになる。でも。握りしめた手にぐっと力を込めて、声を振り絞る。

「うまくない、って。パクリだって。……劣化コピー……だって」

麻子の顔が、血の気が失《う》せたみたいに、白くなっていく。

「美波、あれ、聞いて……」

「聞いてたんだよ」

やっと思い出したんだね。

「麻子はあんなに、わたしの絵のことをほめていたのに。描いて描いてってせがんでたのに。わたしの絵で、麻子が喜んでくれるのが、すごく……嬉しかったのに」

視界がにじむ。ダメ、泣かずにちゃんと最後まで伝えないと。全部ぶつけるって、決めたんだから。

なのに胸が苦しい。あのときの麻子の笑い声が、生々しく鼓膜の奥によみがえったから。

「だからわたしは、絵をやめようとした。でもやめられなかった。だから、金輪際《こんりんざい》誰にも打ち明けずに、ひとりきりでこっそり描き続けてたの……」

うつむいて奥歯をかむ。ぽとりと、うす汚れた床に、涙のしずくが落ちた。

「美波」

麻子がわたしの名前を呼ぶ。わたしは、もう一度顔を上げた。

「美波の絵をださいとかパクリとか言ったこと。あれ、本心じゃないから」

「え?」

麻子は気まずそうに、わたしから目をそらす。

「本心じゃない言葉を、どうして口にしたの?」

そう言ったあと、どこかで聞いたせりふだなと思った。

ああ、そうだ、これは……。あのとき、葉月くんに……。

「あのころのあたし、女子のあいだでうざがられてた。自己中とか気分屋とか言われてるの、知ってた。だから」

麻子が? うざがられてた? わたしはそんなこと知らなかった。麻子はいつだって太陽みたいに輝いていて、人の輪の中心にいるような子だったから。

「あたし、美波が妬ましかった。あたしはみんなに嫌われてるのに、美波は得意なものがあって、みんなに認められてたから」

「そんな……」

　麻子はぎゅっとくちびるをかみしめている。

「誰かの悪口を言っているあいだは、安心できんの。あたしより嫌われてる誰かがいるって思えて。そのときだけは……安心できるんだよ」

　いまの麻子はいつもの、明るくて自信満々できらきら輝いている、わたしの知っている麻子じゃなかった。

「でもさ」

　麻子は顔を上げて、わたしの目をまっすぐに見つめた。

「聞いちゃってたんならさ、美波も確かめればよかったじゃん、あたしに。あれって本心なの？　って。そしたらあたしだって、ちがうんだよって否定できたのに。なのに美波は、黙って、ずっとあたしたちと一緒にいたんだ？　にこにこ楽しそうに笑ってさ」

「麻子……」

　わたしは麻子に歩み寄った。

「確かに、その通りだよ。わたし、高校でせっかくまた麻子と仲良くなれたのに、ずっと心の中がもやもやしてて、また嫌われるんじゃないかって、ひとりで勝手に不安になってた。なのにその気持ち、隠し続けてた。言えばよかったのに」

「そうだよ。雄哉のことだってそうじゃん」

麻子は語気《ごき》を強めた。

わたしはひとり、長い息を吐く。

重い沈黙のあと。麻子が、

「ごめん美波。悪いのはあたしなのに……」

と、つぶやくように言った。

わたしはゆっくりと首を横に振った。そして、まっすぐに、麻子の目を見つめる。

「わたし……。気持ちがぐちゃぐちゃで……。しばらくは、前みたいに麻子たちと話せそうにない」

麻子は、こくりとうなずいた。その目に、うっすらと涙がにじんでいる。

「ごめんね」

そっと告げた。傷を引きずってうじうじと閉じこもっていた自分にさよならして、新しいわたしになりたい。

わたしは歩き出した。

3

言いたいことを全部言えて、すっきりしたはずなのに。口の中に、ずっと嫌な苦みが残っている。

麻子もわたしと同じだったんだ。友だちに悪口を言われたくなくて、嫌われるのを怖がっていた。

弱かったのは、わたしだけじゃなかった。

麻子とのあいだに決定的な亀裂《きれつ》が入ってしまって、わたしは由紀ちゃんや奈緒ちゃんとも距離をとった。

ふたりがわたしのことをどんなふうに話しているのか、気にならないわけじゃない。でも、あえて考えないようにしている。

ひとりで過ごすのは思いのほか楽だった。あんなに怖れていたのに。

それもそうか。だってわたしはいつだって、自分の心が作り出した「わたししかいない世界」に、逃げ込んでいたんだから。

そんなわたしの様子に気づいたのか、葉月くんは「なんかあった？」とメッセージをくれていた。わたしはただ、「平気だよ」とだけ、返信していた。

葉月くんが「ひとりは楽だよ」って言っていた気持ちが、いまはわかる。

誰にも気を遣わなくていい。誰とも関わらないから、傷つけられることだってない。

なのに。どうしてこんなに、胸の中がすうすうと冷えてるんだろう。

放課後、文化祭の準備作業は着々と進んでいる。心の中にたまっていくもやもやを振り払うみたいに、わたしは自分の作業に集中していた。

麻子と話したあの日の夜、野田くんにもメッセージを送っていた。

ごめんなさい、って。好きな人がいるから、ほかの男の子とはもう会えない、って。

でも、返信はない。

既読がついたから、読んでいるはず。今日は野田くんもきっと自分のクラスの準備作業をしていると思う。どこかで抜け出して、直接話をしに行ってみようか。

……なんてことを、考えていると。

「ねえ坂本さん、それ終わったら、下絵のほうも手伝ってくれない？」

「え？」

色塗り作業の手を止めて顔を上げる。美術部の川嶋さんが、両手を顔の前で合わせていた。

「もっともっとポスター増やしたいって言われちゃって手が足りないの。坂本さん、絵、うまいでしょ？　一緒に描こうよ」

ポスター・ステッカー班は、色塗り作業はわたし含めて三人でやっているけど、下絵は川嶋さんひとりで担当している。負担は大きいだろうし、申し訳ないけど、でも。

「わたしなんてぜんぜんうまくないし」

「うまいってばー」

川嶋さんは、床にひざをついて作業しているわたしのそばに、しゃがんだ。

「坂本さんが描いてた葉月くんの絵、めちゃくちゃかっこよかった」

ささやかれて、どきっと心臓が跳ねる。先生にさらされた、あの絵のことだ！

川嶋さんはさらに声をひそめた。

「うまいだけじゃなくって、にじみ出てたよね。パッション……的なもの？」

「え？　ぱ、ぱっしょん？」

まったく予想外のことを言われて、目が白黒しそうになる。

「そう。パッション。情熱。わたしにはわかる。あれはガチ恋」

「が、がち……」

「だからみんなうわさしてるんだよ。坂本さんと葉月くんはただならぬ仲だって」

「た、ただ、なら、ぬ？」

ぜんぜん知らなかったけど、川嶋さんってこんなにグイグイ来る人だったんだ。それに、なんだか言いまわしが独特というか。個性的というか。

「川嶋さんの想像してるようなことは、まったく、ないですから」

「そうなの？　残念。でももう、学年中にうわさはまわってるよ」

「えっ」

「ところで坂本さん、文化祭終わってからでいいから、美術部入らない？　先輩に、うちのクラスに超うまい子がいるって言ったら、絶対引っ張って来いって言われた」

「先輩に？　話したの？」

川嶋さんはにっこり笑った。川嶋さん、おとなしそうな雰囲気なのに、押しが強い。麻子とは別ベクトルだけど、押しが強い。

「か、考えておくね」

顔が熱くほてってて、わたしはようやっと、そう返した。やりかけて止まっていた色塗り作業に戻る。

まさかほめられるなんて思わなかった。だってふつうに考えて気持ち悪すぎる、同級生の顔を本人に黙ってこっそり描くなんて。それなのに「かっこいい」とか「パッション」とか……。ストーカーみたいって怖がるならともかく、「ガチ恋」って。

暑い。

絵筆をパレットに置いて、ひらひらと手で自分の顔をあおいでいたら。

「坂本さん。あの人、ずっと葉月くんのこと見てる」

川嶋さんが、教室後方のドアのほうを小さく指さした。見ると、

「……野田くん」

野田くんが、半分だけ開いたドアにもたれるようにして、教室の中を見ている。

その視線は、まっすぐに、葉月くんへ向かっていた。

見ている、なんてものじゃない。あれは、〝にらんで〟いる。

嫌な予感がする。

学年中にまわっているっていう、わたしと葉月くんのうわさ……。

野田くんは、わたしの「好きな人」が葉月くんだって、きっとわかっているんだ。

麻子が話していた。野田くんはプライドが高いから、葉月くんみたいなタイプの男子には負けたくないだろう、って。

そもそも、森尾くんも野田くんも、葉月くんのことを良く思ってないって言ってたし……。

「ごめん川嶋さん、わたしちょっと抜けるね」

「え？」

「すぐに戻ってくるから」

わたしは立ち上がった。そして、後方ドアにまっすぐ進んだ。

「野田くん」

「美波ちゃん。ちょうど呼び出そうと思ってたんだ」

「わたしも……。野田くんと話さなきゃいけないって思ってた」

わたしたちは、連れ立って教室をあとにした。


わたしたち一年生の教室は、校舎の最上階、四階にある。一番端の突き当たりまで行くと、屋上まで続く短い階段が現れる。

そして、その階段の前には鎖が張られ、立ち入り禁止の札が下がっている。

ここにはめったに生徒は来ない。空き教室でもよかったけど、麻子とのやりとりがよみがえって息が苦しくなるから、やめた。

「なんか、変なうわさ聞いたんだけど。美波ちゃんの好きな人って、まさかと思うけど、葉月?」

開口一番、野田くんはそう聞いた。

「……そう、だよ」

ごまかしたってしょうがない。

「でも、わたしの一方的な片想いだから。つきあってるってうわさされてるみたいだけど、そんなことはないから」

葉月くんを巻き込みたくない。迷惑をかけたくない。

野田くんは顔をしかめた。

「片想い？　冗談だろ」

「本気、だよ」

「いやだって、あいつのどこに好きになる要素あんの？　無表情でなに考えてんのかわかんねーし、ひとこともしゃべんねーし。まじで何様のつもりなんだって感じ」

野田くんは半笑いで葉月くんの悪口を並べ立てた。

「美波ちゃんさ、あいつに弱みでも握られてんの？　じゃなきゃありえねーって。おれよりあいつのほうがいい、なんてさ」

野田くんはうすい笑みを浮かべたまま、わたしににじり寄る。

「おれさ、自慢じゃないけど、女の子に振られたこと、ないんだよ。告られてつきあって、でも相手の嫉妬《しっと》とかがうざくなっておれから別れてさ」

「…………」

野田くんは、じりじりとわたしを壁際に追い詰めた。

「でも美波ちゃんは、そういうのなさそうじゃん。おとなしそうだし、なんでもにこにこ許してくれそう」

「だから、わたしを……？」

「美波ちゃん、てっきりおれに落ちてると思ってたのに。よりにもよってあんな奴」

「あ、あんな奴とか、言わないで！」

ふるえる声で言い返した瞬間、大きな両手がわたしの顔の真横をかすめて、わたしを壁に貼りつけた。

百八十センチ近い体躯《たいく》の、がっしりとした男子が、覆いかぶさるようにわたしを壁に縫いとめている。

身動きできない……！

「どいて、そこ。お願い」

「嫌だ」

「やめて」

「美波ちゃん、おれにしろよ。絶対おれのほうがいいって」

「わ、わたしは……」

「あんな奴想ってたって無駄だよ。時間の無駄」

「む、無駄なんかじゃ、ない。わたしは」

ほかの人なんて考えられない。たとえ受け入れてもらえなくても。ずっと片想いのままだったとしても。

「なんでだよ……っ」

野田くんは顔をゆがませた。わたしの両腕をつかんで、壁に押し当てる。

息が苦しい。視界がゆがんでくらくらする。空気がうすい。自分の呼吸が浅くなっているのがわかる。

これは、発作だ。あの世界に落ちる直前の……。

でも、もう。わたしが逃げ込めるあの世界は、どこにもない。

ぐっと、みぞおちに力を込める。

わたしはまっすぐに、野田くんの目を見つめ返した。

もう逃げない。

「ごめんなさい。ずっとはっきり言えなくてごめんなさい。わたしは野田くんとは、つきあえません……！」

声を振り絞って告げた、そのとき。


「美波！」


叫び声がした。

嘘。この、声は。

わたしの幻聴《げんちょう》？　だって、彼が叫ぶなんて、そんなことあるはずがない。

「美波！」


もう一度、わたしを呼ぶ声が、響いた。

まちがいない。葉月くんの声だ。信じられない。どうして？


駆けてくる足音。

野田くんがゆっくりとうしろを振り返る。それとほぼ同時に、男子生徒が、野田くんの腕をつかんで、わたしから引きはがした。

「なにやってんだよ！」

「葉月……」

野田くんがつぶやいた。驚きと戸惑いに満ちた声。

しばらく葉月くんは、野田くんをにらんでいたけど。

「あんた、美波のこと、本当に好きなの？」

と、低い声で聞いた。

野田くんはなにも答えない。鋭い目で、葉月くんをにらみ返している。

「好きなら、無理やりねじ伏せようとするなよ。ちゃんと相手の話も聞けよ」

葉月くんの声のトーンが、少しやわらかくなる。

「説教かよ」

野田くんは吐き捨てるように告げた。

「べつに。狙ってた子をおまえみたいなのに取られたと思ったら、頭に血がのぼっただけだよ」

野田くんは葉月くんから目をそらす。

「取られたって……」

葉月くんの目に、戸惑いの色が浮かんだ。

「おまえ、誰のこともシカトして見下してるくせに、どうやって美波ちゃんのことだましたんだよ？」

野田くんがうすい笑みを浮かべて、葉月くんをねめつける。

「や、やめて。だますとか、そんなんじゃないから」

わたしは必死だった。

「葉月くんは誰のことも見下してなんかない。そんな人じゃない……！」

わたしのことはどんなに罵《ののし》られてもかまわない。はっきり言えなかったわたしも悪かったんだから。

でも、葉月くんのことは、悪く言わないでほしい。

野田くんはじっとわたしの目を見つめていたけど、ふいにそらして、「はっ」とあきれるような笑い声をこぼした。

「ばっかみてえ。なんなんだよ、ふたりともまじになってさ。勝手にしろよ。おれはもう引くから。そもそも、最初から本気だったわけじゃねーしな」

野田くんはちらっとわたしを見やった。

「野田くん……」

「ごめんな。さっきは手荒なことして。じゃな」

野田くんは力なく笑うと、その場を立ち去った。

わたしは葉月くんとふたりになった。

「あ、あの」

「……ん」

「ありがとう」

「うん」

「葉月くん、その……、声」

まだ信じられない。だって、葉月くんがしゃべってる。自分の声で、はっきりと話している。

「美波！」って、わたしの名前を呼んで、助けてくれた……。

これは現実なの？　ひょっとしてまた、ちがうタイプの〝夢〟の世界に〝落ちた〟のかも……。

「おれも、びっくりした」

葉月くんは、そっと、自分ののどに手を当てた。

「とにかく美波を助けたくて、夢中で」

「なんでわたしがここにいるって」

「あいつと一緒に教室を出ていくの、見てたから。それに」

「おい！　そこに誰かいるのかー？」

誰かの声がして、葉月くんははっとうしろを振り返った。

内田先生が、廊下の向こうから、歩いてきていた。

ほかのクラスの生徒たちも、ちらほら、何事かと教室から出てこっちに向かってくる。

「やばい、気づかれる。逃げよう、美波」

葉月くんがわたしの手を取った。

「に、逃げる？　どこに？」

わたしたち、べつに逃げなきゃいけないようなことしてないのに。でも、先生やみんなに見つかったら、いろいろとまた誤解を受けてしまう。

葉月くんは、「立ち入り禁止」の札のかかった鎖を、またいで飛び越えた。

「美波も」

「う、うん」

これってやっぱり夢?

鎖を越える。短い階段をのぼると屋上に出るための扉がある。葉月くんがドアノブをまわすと、いとも簡単に開いた。

「嘘でしょ!?」

「夢の中でも開いてたから、ひょっとしてって思ったら、ほんとに開いてた。管理ゆるすぎだろ」

葉月くんがドアを開ける。

瞬間、秋のさわやかな風が、わたしたちの前髪をあおった。

4

「青い」

手を伸ばせばすぐに届く距離に、空がある。わずかに陽が傾きはじめていたけど、それでも、放課後の秋の空は、抜けるように青かった。

「ねえ、これって現実なんだよね?」

足もとがふわふわしている。上ばきの底に伝わる、コンクリートの硬さ。

「おれも信じられない。だって、おれ、ちゃんと自分の声で話してる。中学の奴らと離れて環境変えて、カウンセリングにも通って、それでも声を取り戻せなかったのに」

「葉月くん」

葉月くんのさらりとした髪が、風にそよいでいる。

「ありがとう。……助けてくれて」

わたしの名前を叫んでくれて、嬉しかった。あの瞬間を思い出すと胸がふるえる。

葉月くんは照れくさそうに笑った。

「おれ、さ。聴こえたんだよ。美波の声」

「え？」

「なんか、かすかに。空耳だろうと思ったけど、すげえ嫌な予感がして。いても立ってもいられなくなって」

「そう、だったんだ」

嬉しい。わたしを助けるために、葉月くんは声を……。

「おれたち、まだどこかでつながってんのかもな」

葉月くんはやわらかくほほ笑んだ。

どこまでも青い空を背景にして。

胸がきゅっと絞られるような心地がした。わたしだけが知っている。葉月くんがこんなに優しい笑顔ができるってこと。

でも、声が出るようになったんだもん。きっとすぐに、クラスのみんなとも打ち解けられる。それはすごく嬉しいことなのに、わたし……。

いま。この瞬間だけは、まだ、「本当の葉月くん」を、ひとりじめしていたい。

ばかだね、わたし。わたしのこの気持ちのせいで、ふたりだけの夢の世界が消えてしまったのに。

「美波？」

目を伏せたわたしに、葉月くんが気遣うように呼びかける。

「葉月くん、わたしね」

わたしは顔を上げた。

「友だちに、言えたんだ。昔、わたしの陰口を言っていた友だちに。ずっとずっと押し込めてた気持ち、全部」

葉月くんは目を見張った。

「そのせいでひとりになっちゃったけど、後悔してない。このまま言いたいことも言えずに、わたしが消えてしまうより、よっぽどマシ」

「そっか。最近、いつもの友だちと一緒にいないなって気になってたけど、そうだったのか」

「うん。すごくさっぱりした気分」

「ならいいけどさ」

「葉月くんのおかげだよ」

「おれ、なんにもしてねーよ？　気の利《き》いたアドバイスもしてねーし」

ふるふると、首を横に振る。

「そんなことない。葉月くんにとっては何気ない言葉だったのかもしれないけど、わたしには響いたの」

「それなら、おれだってそうだ」

「え?」

「おれ、あの小説の続き、書きはじめたんだ。美波が……続きが読みたいって、言ってくれたから」

「えっ……」

「美波に、おれの気持ち、見事に言い当てられた。消したはずだったのに、おれの中には、まだ『書きたい』っていう気持ちがくすぶってたんだ。でも、気づかないふりしてた。あのときの美波の言葉が、おれの背中を押してくれたんだ」

葉月くんの顔が、夕焼けみたいな色に染まっていく。耳たぶの先まで、赤く。

「……嬉しい」

涙が出そうで、それしか言えない。葉月くんが声を取り戻した。葉月くんが、「自分の好きなこと」を、「自分の世界」を、取り戻した。

胸の奥が熱い。

立ち入り禁止の屋上。わたしたちの頭上には、ただただ青いだけの、空。これは夢の中じゃない、現実の「青」。

「美波、おれさ……」

いつになく真剣な目をして、葉月くんがなにかを言いかけた、そのとき。

屋上入口のドアが、勢いよく開いた。

「早まるなー!!!」

叫び声に驚いて振り返ると、そこにいたのは佐久間先生。

「え？　先生、なんでここに」

「坂本!?　葉月!?」

先生は、かけている眼鏡がずり落ちそうなほど驚いた。

「グラウンドにいた生徒が、屋上に誰かいるって騒いでて。全速力で駆け上がってきたんだよ！」

「大丈夫です、先生。わたしたち、べつに早まってなんかいません」

「びっくりさせるなよ……」

先生は、ホッっとして全身の力が抜けたのか、へなへなとその場にしゃがみ込んだ。

「仲が良いのもけっこうだが、その、ほかの安全な場所でやってくれ。ここは立ち入り禁止だ」

「施錠《せじょう》し忘れた学校側も問題でしょ」

葉月くんがさらっとつっこむ。

すると先生は、眼鏡の奥の目を見開いて、すっと立ち上がった。

「葉月、おまえ、声……」

葉月くんは、にっと笑った。


屋上から下りて、葉月くんとふたりで教室に戻る。

「おい葉月、どこ行ってたんだよ。さぼるなよ」

実行委員の男子生徒が文句を言うと、葉月くんは、

「ごめんごめん。ちょっと緊急事態で」

ふつうに返答した。

瞬間、ざわっと教室が揺れた……！

「む、無視されるかと思ったのに」

「っていうか笑ってるし」

「葉月の声、はじめて聞いた」

にわかに騒ぎはじめるクラスメイトたちに、葉月くんは、

「おれさ、べつにみんなのこと無視してたわけじゃねーんだよ。ただ、声が出なかったんだ。でも、さっき、無事、声を取り戻したから。いままで黙っててごめんな」

ひょうひょうと告げた。

教室は、さらに大騒ぎに！

そりゃそうだよね、葉月くんが、話したくても話せなかったんだってこと、誰も

知らなかったんだもん。

わたし以外は。

喧騒の中、そっと自分の持ち場に戻った。すぐに川嶋さんにつかまる。

「坂本さん、さっきまで葉月くんと一緒にいたの？」

「……ん。ちょっとだけ、ね」

なにかを期待しているような目で川嶋さんに見つめられて、わたしはもごもごと曖昧に答えた。

「それより、作業まかせきりでごめんね。下絵、わたしも描くよ」

「坂本さん！　助かる！」

「それと、ね。今度、美術部の見学に行ってもいい？」

「もちろん！　いつでもウェルカムです！」

川嶋さんは、ぶんぶんと、何度も首を縦に振った。


わたしは翌日美術部の見学に行き、すごく雰囲気がいい部だったから、思い切って入部を決めた。

そして迎えた文化祭。声を取り戻した葉月くんは、「昭和レトロ喫茶」の接客も、愛想よくこなした。

「あまりの変身ぶりに、びびるわ」

奈緒ちゃんがわたしにささやく。わたしはいま、奈緒ちゃんと由紀ちゃんと一緒に接客当番中。絶え間なく訪れていたお客さんも途切れ、一休みしている。

「っていうか美波はいつから知ってたの？　葉月の事情」

由紀ちゃんが目をきらきらさせてずいっと身を寄せてきたけど、わたしは「さあね」とはぐらかした。

「美波さあ」

由紀ちゃんがわたしをまじまじと見つめる。

「なんか、明るくなったよね」

「そう、かな」

「うん。前はね、うっすらバリア張られてるみたいな感じだったけど……。いまはちがう」

「バリア、かあ」

そうなのかも。自分を守るために、バリア張ってたのかも。

麻子とはまだ気まずいままだし、わたしは相変わらずグループから離れたまま、ひとりで過ごしている。でも由紀ちゃんたちとは、またこうして、少しずつふつうに話すようになった。

想像以上にいまの状態は楽だ。

でも……。

「あ、お客さん来たよ」

「いらっしゃいませー」

わたしは瞬時に笑顔を作った。練習しなくてもすぐに偽の笑顔を作れる。身に着いた習慣は恐ろしい。

麻子と一緒にいるとき、いつもわたしは笑顔を〝作って〟いた。

ちくりと胸が疼く。

おたがいに本音をさらけ出せたいまなら、もしかしたら……。

シフトの交代の時間がきた。例の空き教室が更衣室になっていて、わたしは衣装から制服に着替えて空き教室のドアを開けた。

「あ」

ドアの向こうにいたのは、麻子だった。

目が合ったつぎの瞬間、麻子はすぐに目を伏せた。苦しげに、くちびるを引き結んでいる。

「麻子」

気づいたら、わたしは麻子の名前を呼んでいた。

「文化祭が終わったら……。放課後、いつでもいいから美術室に来て」

「美波」

麻子は顔を上げた。

「いま、描いてる絵があるの。よかったら見てほしい」

「いいの？」

「うん」

麻子に悪口を言われたこと、わたしはきっと、一生忘れられないと思う。

だけど……。

だけどわたしは、新しい自分を、本当の自分を、麻子にも見てもらいたい。そんなふうに、いま、思ってる。

もう無理して笑わないよ。

本当に笑いたいときに、笑うよ。


文化祭は大成功に終わった。昭和レトロ喫茶の評判も上々で、川嶋さんたちと作ったポスターやステッカーは大人気で、後片付けのとき、クラスの女子たちのあいだで争奪戦になった。

翌日は代休。みんなは打ち上げの計画を立てていたけど、わたしは行かなかった。

大事な用事があるから。

わたしは制服を着て、学校を訪れた。

生徒たちが誰もいない、閑散とした校舎。

あの、夢の世界を思い出す。現実が息苦しかったわたしの、唯一の〝居場所〟だった。アクアリウムのように穏やかで、波も立たない静かな世界。

だけど、わたしは……。

思いっきりのびのびと呼吸ができた。

「失礼します」

生物準備室のドアを開ける。美術部に入ったわたしは、放課後ここに来ることもめったになくなった。まだわたしは一応生物部員で、美術部とかけもちということになっているけど、もともと活動なんてしていない部だ。

だけど、今日は。

「美波」

葉月くんが青い水槽の前でほほ笑んでいる。

「元気に泳いでるよ」

魚たちが死んで、抜けがらのようになっていたアクアリウムに、きらめくネオンテトラたちが泳いでいる。

佐久間先生が、「新しい魚たちを入れたから、おいで」と、呼んでくれたんだ。休日の、誰もいない学校に。

雷が鳴って、大雨が降って、このアクアリウムが壊れたあの日。わたしたちの夢の世界も壊れた。心の奥の奥、自分でも把握できない領域で、わたしたちは奇跡的につながっていたのに。

わたしに芽生えた恋心のせいで、あの世界は壊れてしまったのかもしれない。

だけどわたしは、決めていた。

今日、葉月くんに告げるって。

たとえ受け入れてもらえなくても、伝えたい思いは、ちゃんと口にする。後悔しないように。

「葉月くん、あのね。わたし、今日、葉月くんにどうしても言いたいことがあるんだ」

「おれも、だよ。今日、言うって決めてた。声が戻ったら、伝えようって思ってたんだ」

「なにを……?」

「おれは美波が好きだ」

息が止まりそうになる。

葉月くん、いま、なんて……?

「好きだ」

「うそ……」

「ずっと考えてたんだ。どうしてあの夢の世界が消えてしまったんだろうって。最後の夜……あの、プールに落ちた夢の中で、おれは自分の気持ちに気づいた。そして、美波に告げようとした」

あの日、あの夢の中で。溺れたわたしを助けてくれた葉月くんは、わたしになにかを言おうとしていた。その瞬間、いきなり水が暴れて……。

世界が消えた。

「最初は、そのせいだって思ってた。おれの告白を、美波の心が望んでないからだ、って。おれを拒否したんだって、思ってた。おれは美波から『安らげる場所』をうばってしまった。だから、美波から距離を置こうと思った。この気持ちが消えるまで」

「そんな。わたしのほうこそ」

わたしが気持ちを告げようとしたせいだと思ってた。わたしを拒否したのは葉月くんのほうだと思ってた。

「でも、さ」

葉月くんは苦笑する。

「無理だった。気持ちは簡単には消えないよ」

「葉月くん……」

「もういっそ、告げようって思った。そのとき、気づいたんだ」

「なに、に？」

「夢の世界が消えた理由。おれが、おれ自身に、『大事なことは、ちゃんと現実世界で、自分の口から言えよ』って、警告出してたんだと思う」

「え……？」

「つまり。おれは、居心地のいい逃げ場所から卒業させられたんだ。もうおまえにはここは必要ない、現実世界でちゃんとやれ、って」

卒業。

居心地のいい逃げ場所は、もう必要ない……？

「わたしも、そうなのかな」

思えば、夢の中で葉月くんと出会って、いろいろ話すようになって。ついには現実世界でもおたがいの痛みを分かちあうようになって。そのころから、夢の世界が不安定に揺れ出した。

わたしが、〝現実の〟葉月くんに〝本音〟をさらけ出せるようになったから。だから、今度はつぎのステップに進めって……。

夢の世界がぶれはじめたのは、わたしの〝心〟が送ったシグナルだったのかな。

「美波のおかげで、おれは自分を取り戻せた。声だけじゃない、……もっと大切なものを」

「葉月くん」

それはわたしのせりふだよ。

「わたしも、葉月くんが好きです」

悔しいな。わたしから言おうと思ってたのに。

「美波……」

恥ずかしくて顔が熱い。鼓動が速くて、でも、目の前の葉月くんも、耳たぶまで赤くなっていて。

目が合うと、なんだかくすぐったくなって。ふたりしてくすくす笑いあった。

水槽の魚たちが、そんなわたしたちを、見守ってくれていた。

了

あとがき

高校生の時、「夢日記」をつけていました。日記というかメモです。おもしろい夢を見た後、忘れてはもったいないと、書き留めていたんです。

ある日、仲のいい友だちも同じように「夢日記」をつけていると知り、おたがいの「夢日記」を交換して読み合うようになりました。すると不思議なことに、友だちが面白がってくれるような、ネタ満載の夢をたくさん見るようになりました。

交換夢日記はおおいに盛り上がりました。まったくキラキラしていない、部活も友人関係もうまくいかないことだらけ、勉強もしんどくてついていくのに必死だった、そんなわたしの高校生活の、いいガス抜きになっていたと思います。

この物語を思いついたのは、その時の記憶が下敷きとしてあったからかもしれません。

よく、「逃げる」のは悪いことじゃない、と言いますよね。つらい毎日から、勇気を出して「逃げる」。大事なことだと思いますが、では、どこに逃げればいいのか……？

主人公の美波は、自分が作りだした「夢の世界」に逃げています。わずらわしい人間関係のない、ひとりきりの世界。だけどそこに、ほかの「誰か」が現れたら？
美波にとって、癒しの場所だった夢の世界が、その「誰か」によって変わってい
き、やがて現実の自分を変えるきっかけになればいいなと思いながらこのお話を描
きました。楽しんでいただければ幸いです。
最後になりましたが、編集部の皆様はじめ、この本に関わってくださったすべて
の方へ、お礼を申し上げます。
そして何より、この本を手に取ってくださった皆様。ありがとうございました！
またいつかお会いできることを楽しみにしています。

二〇二三年三月二十五日　夜野せせり

この物語はフィクションです。
実在の人物、団体等とは一切関係がありません。

夜野せせり先生へのファンレター宛先
〒104-0031東京都中央区京橋1-3-1
八重洲口大栄ビル7F
スターツ出版（株）書籍編集部気付
夜野せせり先生

君が、この優しい夢から覚めても

2023年3月25日初版第1刷発行

著　者　夜野せせり

発行者　菊地修一

発行所　スターツ出版株式会社
〒104-0031東京都中央区京橋1-3-1
八重洲口大栄ビル7F
出版マーケティンググループ
TEL03-6202-0386（注文に関するお問い合わせ）
https://starts-pub.jp/

印刷所　株式会社　光邦

DTP　久保田祐子

編　集　中山遥

編集協力　中澤夕美恵
Printed in Japan

ISBN　978-4-8137-9218-5　C0095

スターツ出版人気の単行本！

『誰かのための物語』

涼木玄樹《すずきげんき》・著

「私の絵本に、絵を描いてくれない？」立樹のパッとしない日々は、転校生・華乃からの提案で一変する。華乃が文章を書いて、立樹が絵を描く。そして驚くことに、華乃が紡ぐ物語の冴えない主人公はまるで自分のようだった。しかし、物語の中で成長していく主人公を見て、立樹もまた変わっていく——。

ISBN978-4-8137-9212-3　定価：1430円（本体1300円＋税10％）

『大嫌いな世界にさよならを』

音《おと》はつき・著

高校生の絃は、数年前から突然、他人の頭上のマークから「消えたい」という願いがわかるようになる。マークのせいで人との関わりに消極的な絃だったけれど、マークが全く見えない佳乃に出会い彼女と過ごすうち、絃の気持ちも変化していって…。生きることにまっすぐなふたりが紡ぐ、感動の物語。

ISBN978-4-8137-9211-6　定価：1430円（本体1300円＋税10％）

『星空は100年後』

櫻《さくら》いいよ・著

美輝の父親が突然亡くなり、寄り添ってくれた幼馴染の雅人と賢。高１になり雅人に“町田さん”という彼女ができ、三人の関係が変化する。そんなとき、町田さんが突然昏睡状態に。何もできずに苦しむ美輝に「泣いとけ」と賢が寄り添ってくれて…。美輝は笑って泣ける場所を見つけ、一歩踏み出す——。

ISBN978-4-8137-9203-1　定価：1485円（本体1350円＋税10％）

『きみと真夜中をぬけて』

雨《あめ》・著

人間関係が上手くいかず不登校になった蘭は、真夜中の公園に行くのが日課だ。そこで、蘭は同い年の綺に突然声を掛けられる。「話をしに来たんだ。とりあえず、俺と友達になる？」始めは鬱陶しく思っていた蘭だけど、日を重ねるにつれて２人は仲を深めていき——。勇気が貰える青春小説。

ISBN978-4-8137-9197-3　定価：1485円（本体1350円＋税10％）

書店店頭にご希望の本がない場合は、書店にてご注文いただけます。

スターツ出版人気の単行本！

『生まれ変わっても、君でいて。』

春田《はるた》モカ・著

余命１年を宣告された、高校生の粋。ひょんなことから、大人びた雰囲気の同級生・八雲に、余命１年だと話してしまう。すると彼は「前世の記憶が全部残っている」と言いだした。不思議に思いながらも、粋は彼にある頼みごとをする。やがてふたりは惹かれあうけれど、命の期限はせまっていて…。

ISBN978-4-8137-9166-9　定価：1430円（本体1300円+税10%）

『さよならレター　余命365日の君へ』

皐月《さつき》コハル・著

ある日、高２のソウのゲタ箱に一通の手紙が入っていた。差出人は学校イチ可愛い同級生のルウコ。それからふたりの秘密の文通が始まるが、実は彼女が難病で余命わずかだと知ってしまう。「もしも私が死んだら、ある約束を果たして欲しい」――その約束には彼女が手紙を書いた本当の意味が隠されていた。

ISBN978-4-8137-9173-7　定価：1430円（本体1300円+税10%）

『きみは溶けて、ここにいて』

灯《ともり》えま・著

友達のいない文子はある日、クラスの人気者の森田君から「もうひとりの俺と、仲良くなってほしいんだ」と言われる。とまどいながらも、森田君の中にいる“はる”と文通をすることに。優しくてもろい“はる”に惹かれていく文子だけれど、もうすぐ彼が消えてしまうと知って…。奇跡の結末に感動！

ISBN978-4-8137-9157-7　定価：1430円（本体1300円+税10%）

『70年分の夏を君に捧ぐ』

櫻井《さくらい》千姫《ちひめ》・著

2015年、夏。東京に住む高２の百合香は、不思議な体験をする。ある日、目覚めるとそこは1945年。百合香は、なぜか終戦直前の広島に住む少女・千寿の身体と入れ替わってしまい…。一方、千寿も70年後の現代日本に戸惑うばかり。以来毎晩入れ替わるふたりに、やがて、運命の「あの日」が訪れる――。

ISBN978-4-8137-9160-7　定価：1430円（本体1300円+税10%）

書店店頭にご希望の本がない場合は、書店にてご注文いただけます。

スターツ出版人気の単行本！

『青の先で、きみを待つ。』

永良《ながら》サチ・著

順調な高校生活を送るあかりはある日、同級生・翔也から「俺たち、死んだんだよ」と告げられる。徐々にあかりは、今いるのが“自分にとっての理想の世界”で、現実では自分が孤立していたことを思い出す。翔也に背中を押され、現実世界に戻ることを選んだあかりは…？　悩んでもがいた先にみえる光に圧倒的感動！

ISBN978-4-8137-9152-2　定価：1430円（本体1300円＋税10％）

『それから、君にサヨナラを告げるだろう』

春田《はるた》モカ・著

クラスで浮いている冬香にとって、ハルは大切な幼なじみ。ある日「俺、冬香の心が読めるんだ」と告げられる。怖くなった冬香はハルの手を振り払い――ハルは姿を消してしまう。数年後、再会した彼は昔とかわらず優しいままで…けれど次々と明かされていく、切ない過去。運命を乗り越える二人の絆に感動の物語。

ISBN978-4-8137-9145-4　定価：1430円（本体1300円＋税10％）

『この恋が運命じゃなくても、きみじゃなきゃダメだった。』

小《こ》桜《ざくら》菜《な》々《な》・著

人見知りな普通の女の子・チナは、ひとつ年上の彼氏・悠聖と幸せな高校生活を送っていた。ある日、悠聖から突然別れを告げられてしまう。「好きなのに、どうして別れなきゃいけないの？」たくさん笑って、泣いて…そして見つけた答えとは？　恋する人すべてが共感する、10年間の恋の物語。

ISBN978-4-8137-9140-9　定価：1430円（本体1300円＋税10％）

『夜を裂いて、ひとりぼっちの君を見つける。』

ユニモン・著

引きこもりの兄と、過度な期待を押しつけてくる親を持つ高1の雨月。ある夜、陸橋から落下しそうになり、男子高生・冬夜に助けられる。その日を境に、ふたりは会うように。友情でもなく恋でもない関係のはずだった。だけど運命が大きく動き――死にたがりのふたりの、淡く切ない恋物語。

ISBN978-4-8137-9131-7　定価：1430円（本体1300円＋税10％）

書店店頭にご希望の本がない場合は、書店にてご注文いただけます。